5
火野あかり
Author Akari Hino
ねいび
Illustration Neibi
エルフ奴隷と築くダンジョンハーレム
Dungeon harem
Made with elf slaves
―異世界で寝取って
仲間を増やします―
JN043425

# CONTENTS

Dungeon harem Made with elf slaves

ダッシュエックス文庫

# エルフ奴隷と築くダンジョンハーレム5
## ―異世界で寝取って仲間を増やします―

火野あかり

# プロローグ

人生の始まりは唐突《とうとつ》だ。
終わりも同様に唐突だ。
今日いきなり人生が始まる者も、今日いきなり人生が終わる者もいる。
誰もが望むような始まりの者もいるし、誰もが忌避《きひ》する始まりの者もいる。
しかし不遇を嘆《なげ》いてはいけない。その嘆きに意味などないのだから。
人生はどこから始まったかではなく、どこに行くかでその価値が決まるもの。
剣を取って、戦いながら前へ歩く。
与えられた剣の強さなど関係ない。必要なのは戦う意志だ。
方向が正しいのかすら、誰にもわからない。
前だと思っていた道が後ろなのかもしれない。
正解など誰も教えてくれないものだ。教えてもらっても信じられないものだ。
だから痛みは伴《ともな》うし、何度も立ち止まりたくなるだろう。
だが歩かなければ進まないのだ。

自分が信じた『前』に向かっていかねば。
人生とはそうした道のりを意味するもの。
終わりまでの歩みを意味するもの。
それぞれがそれぞれの終わりに向けて歩く道のりのこと。
道の途中で誰かに出会うこともあるだろう。
その人の隣を歩きたくなることもあるだろう。
その人と同じ終わりを迎えたくなることもあるだろう。
これはそんな人生の物語。
望まぬ始まりから、望む終わりへ向けて歩く者たちの物語——。

# 第1話

揺れる馬車の中には少し重い空気が漂っていた。

次なる目的地は世界樹ユグドラシル。

リリアの出身地にある最後の七大ダンジョンだ。

馬車は軽快に目的地へ駆けていく。

旅の終わりは近い。

「暗くならないで楽しく行きましょうよっ！」

「――世界が滅びるかもしれないのですよ？」

いつもと変わらないテンションのハズキに、リリアが深刻な顔で返す。

海底都市クリティアスで出会ったもう一人の転生者、《漆黒《しっこく》》は、神になりこの世界の全《すべ》てをリセットすると宣言した。

全ての生物を殺し、そこから新たな世界を生み出すのだ。

もちろんマルスたちもリセットの例外ではない。自分たちの命が他人の気分で消えるかもしれない。それは恐怖でしかなかった。

《漆黒》の行動をやめるよう説得することはできそうにない。

ひたすらに世界が憎《にく》い。軽妙な口調の奥にあるのはそういった感情だったからだ。

傍若無人《ぼうじゃくぶじん》な子供がそのまま大人になり、その無謀《むぼう》な思想を体現できるだけのチートを与えられ、この世界に転生してしまった。

癇癪《かんしゃく》を起した子供が将棋盤《しょうぎばん》をひっくり返すのと同じような感じで、この世界は滅びの直前にある。

普通の人間なら世界を変えることはできないと諦《あきら》め、順応していくものだ。人はそうして大人になる。

だが力ある者が望み、状況が整えば世界は簡単にひっくり返る。

失うもののない無敵の力を手に入れてしまったのだ。

防ぐ方法はただ一つ、世界樹にある七大ダンジョン最後の一角、ユグドラシルを先に踏破《とうは》すること。

七大ダンジョンを過半数、つまり四つ踏破したとき、この世界を作り変える権利を得る。

神の力で新たな世界を創造できる。

先にマルスが権利を得ることができれば世界の滅びは防ぐことができる。

望んでいた不老不死も手に入る。そういう世界にすればいい。

神なのだからなんでも有りだろうとマルスは考えていた。

選ばれた転生者である《漆黒》は、転生の際に前の神からそう聞いたのだという。

マルスは聞かなかった。選ばれなかったからだろう。

だが、《漆黒》を羨《うらや》ましいとは思わなかった。

今《漆黒》がいる場所は、無傷ではたどり着けない頂《いただき》だと誰より知っているからだ。

きっとマルス以上に傷ついてきたから選ばれた。

そして、マルスはこれまで隠してきた事実をリリアたちに語った。

言わなくてもよかったのかもしれないが、自分という人間を知ってほしい気持ちがあった。

これまでひた隠しにしてきたマルスの過去、そして転生者という概念は一同の心に暗い影を落とした——はずだったが、拍子抜《ひょうしぬ》けするほど変化がない。

マルスからすると安堵《あんど》感はあっても、逆にここまで気にされないと変な方向に不安になる。

転生の意味をちゃんとわかっていないのではという不安だ。

二つの人生を持つということの意味と、それに伴《ともな》う規格外さを。

全く違う価値観を根底に持つ人間という意味では、マルスも《漆黒》も変わらない存在である。ある意味では異種族よりも忌避《きひ》されるべき異質さだ。

この世界の人が、たとえ異種族であっても同じように持っている世界観を持っていないのだ。

正確に言えば持っているが、それは後天的に学習したものであり、心の底から馴染《なじ》んだ価値観ではない。

いわば人の身の内に潜《ひそ》み学習したエイリアンなどと同じであり、忌避されてもマルスは文句が言えない立場だ。

それだけの覚悟をもって言ったのに、みんなの態度は何も変わらなかった。

「抜け駆けはしないって言ってたけど、そんなの信用できる奴《やつ》ではないんだよな」

マルスはそう言いつつも、不思議と《漆黒》への嫌悪はなかった。

リリアたちを殺すと言ったことには抵抗感があった。しかし自分が同じ立場ならきっと同じことをするだろうとも思う。

自分を受け入れなかった世界に対し、恨《うら》みしかなかったから。別な世界であっても、他人の命運を自分の手の上で操《あやつ》れるならきっとやっていた。

結局のところ、マルスと《漆黒》に本質的な違いは存在しない。

転生前も後もマルスたちは部外者だ。

前の世界に要《い》らなかった人間が、仄暗《ほのぐら》い引力によって、この世界に呼ばれたのだ。

命運を分けたのは力の供与《きょうよ》があったか否《いな》か。

攻撃的な感性を持っていたかどうか。

リリアと——大切にしたい誰かと出会えたか否か。

「でもネムは約束守ると思うにゃあー。ああいうやつは自分で決めたことは守るにゃ」

ネムは荷台でゴロゴロしながら言った。

マルスも同じことを思う。

何も持っていないから、唯一自由になる自我だけは守るのだ。

ネムは連れてきた人魚、シオンの腹を枕にしていた。

二人は母娘のようにぺったりくっついて一緒にいることが多い。

ネムのほうがとても懐《なつ》いていて、シオンのほうも母性を刺激されるのか甘やかしていた。

シオンは今、魔力がほとんど枯渇《こかつ》している状態だ。

だから常時足を生《は》やすことはできず、半分寝たきりに近い状態で過ごしている。

人魚は生まれついて莫大《ばくだい》な魔力を持っているが、それが寿命《じゅみょう》と同義であり、使い切った瞬間に死が訪れる。

要するに体力、つまりHPを消費して使用するタイプの魔法である。

休んでいれば回復もしていくが、翌日には全回復する人間と違い、かなりペースは遅い。

現状は不死の魔法により無理矢理命を繋《つな》ぎとめ回復に専念している。

つまり戦線は離脱していた。

「ネコちゃんの言う通り。誰かの決めた約束は絶対破るが、自分で決めた約束は守る男だぜ、オレは」

最初からいましたけど？　とでも言いたげな空気で《漆黒》が会話に参加してくる。

馬車の荷台の中に、彼はいつの間にかいた。

誰もその気配にさえ気づけなかった。

一瞬で戦闘態勢を取った一同をマルスが制止する。戦いは避けられないが、今ではない。

「にゃ⁉　お前なんでいつも後ろにいるにゃ⁉」

「あー、ごめんごめん。脅《おど》かすつもりはなかったんだけどな？　転移先が後ろなんだよ、なんでか」

　ガシャン、と音を立て、甲冑《かっちゅう》を着た《漆黒》は胡坐《あぐら》で座り込む。

《漆黒》は転移先の座標をネムにしていた。

「何しに来た」

　マルスは冷たく言う。

　和解の道は存在しないと知っている。戦って黙らせるしかない。

　双方に利益がある場合に限って成立するのが和解。

《漆黒》が満足できる条件など提示できないのだから、和解は成立しようがない。

「労《ねぎら》いの挨拶《あいさつ》――ってわけじゃねーけど、海底ダンジョンクリアおめでとう」

《漆黒》は金属の籠手《こて》で気のない拍手《はくしゅ》をする。

　その賛辞《さんじ》を素直に受け取る者はいなかった。

　譲《ゆず》ったと言わんばかりで憤《いきどお》りすら感じる。

「とりあえず腹減らね？　話の前になんか作ってくれよ。チートがあっても料理はできねぇんだよなぁ。ほら、オレってインスタントで生きてきたタイプだからさ」

「はぁ⁉」

　――こいつ、ホントになんなんだ⁉

　こんな奴が自殺なんてするのか⁉　メンタル強すぎるだろ⁉

　馴染みの友達の家に来たかのように振る舞う《漆黒》に衝撃を覚えてしまう。

「な、なんか今までで一番気まずいご飯ですねっ？」

ハズキは委縮《いしゅく》して、ただでさえ小さいのに蚊《か》の鳴くような声でそばのマルスに話しかけた。

「まぁ……これから世界を滅ぼそうって相手とだからね……」

マルスたちは《漆黒》の提案通りに食事することにした。

もちろん、一緒に食べたいと思ったからではない。少しでも情報が欲しかったからだ。

「ガチの猫耳とかレアすぎる。しかも獣人《じゅうじん》ってより人間だからな。マジでそれが耳なのか？」

「近づくにゃ！　ネムはお前が嫌いだからにゃ⁉」

殺してやるとでも言いたげなほど、ネムは苛烈《かれつ》な拒否反応を示す。しっぽの毛は逆立っていた。

《漆黒》は楽しげにネムをからかっていた。

ネムのこうした反応を見ると、マルスたちには出会った当初からある程度好感を持っていたのだなと改めて感じられた。

少なくともここまでの拒否はされなかった。ただし、ハズキだけはわりかし嫌われていた気もする。

距離感の問題だろう。

人見知りの割に、ハズキは急に距離を詰めてきたりする。

いきなり身体に触りまくっていた。

「こっちの人魚もすげぇな！　男の人魚とは全然違うじゃねぇか！」

「――男の人魚？」

シオンがボソッと呟《つぶや》いた。

マルスはシオンに言いはしなかったが、シオンの夫ゲオルグは明らかに殺されていた。

他の人魚たちは《漆黒》が海底ダンジョンに乱入する際に使った戦闘機が墜落《ついらく》炎上したことによる事故死だったが、ゲオルグは首を刎《は》ねられていたのだ。

その犯人、シオンの夫の仇《かたき》は間違いなく《漆黒》だ。

何しろマルスたちの他にあそこにいたのは彼しかいない。

それでもマルスは言うしかない。戦うな、と。

「シオンさん。こいつが君の夫の仇だ。でも、仇を討《う》つのは俺がやる」

シオンが夫に対してほとんど執着を抱いていないことは知っているが、仇を前にして何も思わないほど心は凍《こお》っていないはず。

夫と一族の仇を前にして何もしないほど責任感がないとも思えない。

だが復讐《ふくしゅう》は今ではない。それに今のシオンでは何もできない。

そういった現実の問題もあるが、マルスの中にはシオンに戦ってほしくない理由がうすぼんやりと、言葉にできない状態ながらあった。

シオンは黙って頷《うなず》き、少し下を向いた。

自身の今の状態が如何《いか》に無力なのか、本人以上に知る者はいない。

食事の際は円形に皆で座ることになった。《漆黒》の隣はネムとマルスである。

直接戦闘の際に反応速度が最も早いのが二人だからだ。

「で、何作るつもりなんだ？　オレは日本を思い出すようなものがいいんだが。ハンバーガーとか作れねぇの？」

「お前のリクエストは聞かない。図々《ずうずう》しいんだよ。そしてハンバーガーは日本のものじゃないだろ……」

「冷てぇな。同窓会みたいでいいだろ？」

「何のだ。……自分でも何言ってんだかよくわからないんだけどさ、もうちょっと敵っぽく振る舞ってくれないか？　やりにくすぎる」

確実に敵だと理解してるのになぜか戦闘態勢に入れない。

恐ろしくないことが恐ろしい。

《漆黒》のチートがどんなものなのかわからないが、転移などという【禁忌《きんき》の魔本】でさえ見たことのない魔法を行使できるくらいだから、相当な実力差があるはず。

それに単独で七大ダンジョンを三つも踏破している。

マルスが単独で挑《いど》んでいたら一つすら踏破できなかったに違いない。

ボスはおろか、それまでの道中さえ怪《あや》しい場面は多々あった。

マルスの力は短期決戦に全振りした能力だ。

ボス相手ならまだしも、道中全てを簡単にこなせるようなオールマイティな能力ではない。

ダンジョンの普通の魔物でも一般人なら軽々殺す。

魔物は前世の世界のクマよりもずっと強力な生物ばかりだ。

ボスならば世界級の脅威《きょうい》だ。

単独でそれ以上の武力を誇る《漆黒》は世界最強の個である。

勝ち目など微塵《みじん》もないのだ。全員でかかろうとも。だからこそ《漆黒》はこうして無防備に乗り込んでこれる。

なのに怖くない。

敵意どころか友人のように接してくるせいだ。

「百歩譲《ゆず》ってこの場にいることは認めます。しかし、何が目的なのですか」

一切気を緩《ゆる》めず、リリアは敵対心を剝《む》き出しにする。

手に持つ包丁が武器に見えるほどだ。

「告知のため。世界樹のダンジョンな、オレが全部作り直したから」

「作り直した⁉」

「ああ。最後だからな。派手《はで》にしたいだろ？　で、ボスもリストラしといた。だから最後はオレ。これ言っておかないと無駄な準備とかしそうだったからな」

これからも、たまに来るからオレのメシの分も用意しとけ、と《漆黒》は笑う。

マルスはその話題には触れない。

「リストラって……」

要するに、宝物庫を開けなかっただけで踏破はすでにし終えたということだろう。

ボスを倒しても、宝物庫を開けて転移の魔法陣を起動するまで、ダンジョンは崩壊《ほうかい》しない。

「変な罠《わな》とかで死なれても困るから、そういう細かい細工はしてない。むしろ壊しておいた。安心して歩け。ただ、オレのダンジョンは凶悪だぜ？　――ボスラッシュだ。やっぱラストダンジョンはこれだろ！」

《漆黒》はとても楽しそうに自分のダンジョンについて語る。

おもちゃを自慢する子供のような言い方だった。

実際、おもちゃ程度にしか思っていないのだろう。

「あ、あとな、エルフの姉ちゃん、オレに毒は効《き》かねぇ。ちゃんと美味《うま》いの作ってくれ」

こっそり毒を盛ろうとしていたリリアに釘《くぎ》が刺される。

この場で《漆黒》を殺してしまえばあとはゆっくりできるのは確か。

しかしそんな簡単にはいかないようだった。

今までのリリアなら短絡《たんらく》的に毒殺など考えなかった。

矜持《きょうじ》もあるし、正々堂々と迎え撃つ選択肢《し》を選んでいたはず。

なりふり構わない行動を取るくらいならば死を選ぶような人格だ。

マルスから見て、今のリリアには焦《あせ》りがある。

目標が迫っているからこその焦燥《しょうそう》だろう。

そしてマルスが《漆黒》に勝てないと思っている証拠でもあった。

リリアはマルスをよく知るからこそ《漆黒》と戦う未来を選ばせたくないのだ。

力だけでなく、マルスの精神面から負けると感じているのかもしれない。

「リリア、今はいいよ。それになんとなく、こいつは俺がやらなきゃダメだと思うんだ。いや……他の人に、決着をつけられたくない」

「オレもそう思ってた。だから面倒《めんどう》なことしてまで場を整えてやった。二人もこの世界に呼ばれてるのは運命だろ」

兜《かぶと》の下で《漆黒》が笑っているのがわかった。

「聞くところ、前にも転生者ってのは来てるらしいんだが、同時に存在するってのはないんだと。来た奴が死ぬまで次は来ない」

「前のそいつがこの世界を作ったのか……？」

「そこまでは知らねぇよ」

《漆黒》は、やれやれ、と小馬鹿《こばか》にしたように両手を広げた。

――もしかして。

マルスは一つ前の転生者の痕跡《こんせき》を思い出す。

# 第2話

「焼き鳥か！　シンプルだけどいいよなぁ！　酒ねぇの？」

「ない。俺たちは普段飲まないからな。あるのは料理用のくらいだ」

　みんなに睨《にら》まれながらも、《漆黒《しっこく》》は堂々と焼き鳥を頬張《ほおば》っていた。

　兜《かぶと》をしたままどうやって食べているのか疑問だったが、どうやら兜を貫通して口に入っているらしい。

　見た目こそ兜であるが、その実ただの幻影なのかもしれないとマルスは考える。

「法律守ってるみたいな？　言ってももう十八歳越えてるだろ」

「日本だと二十歳《はたち》だけどな、飲酒可能年齢。マジで言ってる？」

「ああ、そうだっけ。でもこの世界にそんな制限ないだろ？」

「まぁ……俺は前世でも飲む習慣がなかった。この中で飲めるのもリリアだけだしな」

　パチパチと焚火《たきび》が爆《は》ぜる音と、マルスと《漆黒》の声以外音がしない。

　気まずさを通り越して敵意に満ちた空間だ。

　中心人物だけがまったく気にしていない。

――こいつは一体どんな人生を送ってきたのだろう。

マルスの中に純粋な疑問が浮かんだ。

何をどうすれば、敵意にさらされて飄々《ひょうひょう》としていられる人間が出来上がるのか。

日常が暴力で満ちてでもいなければ無理だろう。

しかしマルスは考えるのをやめた。

もし背景を想像してしまったら、自分が戦える状態でいられるか自信がなかった。

「じゃ、オレは帰るわ。ごっそさん。ああ、ダンジョンへは急がなくてもいいぜ。一年くらいかけて来てもいいくらいだ」

「お言葉に甘えるよ。そこまで時間かけるつもりはないけどな」

「こっちにも色々あんのよ。とりあえず言いたいことは言った」

転移で消えていく瞬間、《漆黒》は言い残す。

「――極点で待つ。楽しみにしてるぜ」

「――名前くらい言って行けよな」

マルスは自分の口元が少し緩《ゆる》んでいることに気づかない。

《漆黒》が消えるなり、一同はほっと気を緩めた。

「にゃあああ！　イライラするにゃ⁉　あいつネムが大事に焼いてたの食べたにゃ！　友達にゃ⁉　あいつ友達にゃ⁉」

「実家のような安心感出されると困りますよねっ⁉」

ネムとハズキが怒り心頭な様子で声を荒らげる。

「な、なんでわたくしの胸を触りながら……⁉」

二人はシオンの胸を揉《も》みしだきながら怒っていた。

リリアのように怒ったりしないシオンは、あわあわと赤い顔でセクハラを受け続けていた。

「二人とも、ほどほどにしてあげなよ……？」

「ご主人様――いえ、マルス。大丈夫ですか？」

呆《あき》れつつ諌《いさ》めていると、リリアは真剣な顔で聞いてきた。

表情から、「大丈夫」の意味が伝わってくる。

同類と戦えるのか。問われているのはそれだ。

ある意味では誰よりもマルスに近しい存在が《漆黒》だから。

「大丈夫だよ」

戦意はないが、敵意はある。

目の前の敵に心を殺す術《すべ》も知っている。

親近感は決して刃《やいば》を曇《くも》らせない。と思いたい。

「あいつは俺が殺す。この世界に来た理由、俺に役割があるとするなら、たぶんこれだ」

転生してからずっと疑問だった。

なぜ自分だったのか。

その答えが人の形をして目の前に現れた。

《漆黒》に世界を委《ゆだ》ねるのかどうかの選択をマルスがする。

そのために転生させられたのだ。

「あまり気負いすぎないで。最初はそれが役割だったのかもしれないけれど、今の貴方《あなた》には様々な道がある。一つに定める必要はありませんよ」

エルフ奴隷《どれい》リリアとしてではない、リリア個人の言葉だった。

甘んじて滅びを受け入れる選択肢《し》もある。そう言いたいのだろう。

一緒に死ぬという望みはそれでも叶《かな》えられる。

「俺はあいつを倒したいんだ。いや、倒してやりたい、と言ったほうが近いかも。止められるのはきっと俺だけで、止めるべきなのも俺だから」

変な話だが、マルスは《漆黒》に対して独占欲じみたものを持っていた。

その感覚はリリアに出会った日の感覚に近いものだ。

つまり、恋に似ていた。

どうしても我が物にしたい。

ただし、欲しいものは《漆黒》の死である。

# 第3話

「な、なんか今日はやけに距離感が近いな？」

ベッドの上には全員が寝そべっていた。

マルスを中心に、全員がへばりつくようにしていた。

全員で抱き合っているも同然だ。

マルスの隣にはリリアとネムが張り付く。

「あいつはネムの後ろに出てくるからにゃ？　後ろにハズキにゃん置くにゃ」

「わたしを囮《おとり》にっ⁉　そんな意図でこの位置取りだったんですかっ⁉　マルスさんに甘えたいのかなって譲《ゆず》ったのにっ⁉」

ネムの後ろにいたハズキが驚きの声を出す。

「みんな怖いのですよ。私もです」

「さすがに【夢幻《むげん》の宝物庫】の中にまでは入ってこれないと思うが……」

断定はできないが、亜空間である【夢幻の宝物庫】には入ってこれないだろう。

地続きであるダンジョン内部にでさえ転移はしてこれないようだった。

「わたくしもあの方には恐怖を覚えました。一族の者を殺したからというより、もっと根源的なところで」

リリアの後ろのシオンがか細い声で言った。

能力的にも、失うものがないということからも、《漆黒》はまさしく無敵の人だ。

完全なる異端者であり部外者が世界を滅ぼそうとしている。

「でも、神様が現実にいたらあんな感じなのかなーって思いましたっ。ある意味全員に平等じゃないですか、あの人」

ハズキの言ったことにマルスは同意した。

平等に理不尽。選民思想はなく、全《すべ》ての生命の敵だ。

そういう意味で、神の精神に近い存在なのかもしれない。

マルスが選ばれなかったのも、そういった人間性が関係しているのかもとマルスは考えた。

どうしたってマルスは相手を選んでしまう。助けるのも見捨てるのも理由がないとできない。

一方で、《漆黒》が持つ執着として、マルスの存在がある。

マルスと同じように、お互い相手を排除することが何よりも重要だと感じたのだろう。

前世の業《ごう》を断ち切り、この世界に本当の意味で馴染《なじ》むために。

だからマルスに絡《から》み、戦おうと場を整える。

「ゆっくりでいいって言ってましたし、今日はみんなで楽しいことしましょっ！」

「今日も、でしょう……ご主人様の心労を考えなさい。男性は精神的な要素で元気になったり

「元気をなくしたりするのですよ？」

「まだふにゃふにゃしてるにゃ。ネムはこのふにふにも嫌いじゃないけどにゃ？」

ネムがマルスの股間《こかん》に手を伸ばし、面白《おもしろ》半分に揉《も》みほぐしている。

「わたしは硬《かた》くておっきいほうが好きですけどねっ！」

ハズキの発言に皆がしんとする。

前世を隠していた罪悪感と、《漆黒》の存在が最近マルスの性欲をそぎ落としていた。

勃起《ぼっき》するにはするし、快感もあるのだが、どうにも気持ちが乗りきらないのだ。

回数も二、三回といったところで、これまでのマルスからすると圧倒的に低い持久力である。

前世を公開した気恥《きは》ずかしさもある。

前世の年齢が影響していた。

リリアやシオンは数百年単位生きているので全然気にする必要はないと言われたが、そこまでの長生きならともかく、三十年前後だと恥ずかしく思った。

そのため元から性欲がそこまで強くないネムを除いて、女性陣は少々欲求不満な日々を過ごしていた。

マルスはこれまで快楽を与えすぎたのだ。基準が高くなりすぎている。

ハズキに至《いた》っては気絶するまで求めてくるほどになっていた。

「ここだけ別な生き物みたいにゃあ……おっきくなってきたにゃ」

「触られてればね……」

煽《あお》るように長い八重歯《やえば》を見せ、ネムはニヤニヤしていた。

ネムの手の中ではむくむくとマルスの分身が血を集め膨《ふく》らんできていた。

精神はともかく身体は健全な青少年であるから、どうしたって反応はする。

でも、あまり乗り気はしない。少なくとも自分で必死に腰を振るような気力はなかった。

「マルスさんが元気になるのはおっぱいですっ！」

「お、俺そんな風に見えてるのか……」

「いっつも幸せそうな顔で埋もれてますよっ？　わかりますけどねっ。わたしもリリアさんに埋もれたいけど、ぜんっぜんさせてくれないんですよねぇ」

「当たり前です。私の胸はマルスのものなのですから」

胸を隠してリリアが口先を尖《とが》らせる。

「いいもんっ！　シオンさんはさせてくれますからっ！」

「えええ、わたくしですか⁉　ど、どうしてみなさんそんなに胸が好きなのです⁉」

ベッドの上を移動し、ハズキは仰向《あおむ》けのシオンの谷間に顔を埋めた。

シオンは基本的に受動的で、外ではおとなしいのに仲間内では押しの強いハズキや、距離感に遠慮のないネムに好き放題されている。

性格が穏《おだ》やかなので非常に甘えやすいのだ。

現在のシオンにこれと言った大きな役割があるわけではないが、集団の中でおっとりした人物がいると空気が和《なご》みやすい。

リリアがみんなのお姉さんだとすれば、シオンはみんなのお母さんだ。

「たまには私たちでご主人様を甘やかしてあげましょう。身体《からだ》を揉んであげたり、行為以外でも癒《い》やす方法はいくらでもあります！」

「この前買った整体用のオイル使いますかっ？　お肌《はだ》モチモチになるって宣伝してたやつですっ！」

「本当に好きですね、そういうもの……まぁ貴方《あなた》の小遣《こづか》いなので好きに使えばいいですが……」

自分の部屋に駆けていくハズキの後ろ姿に微笑《ほほえ》みつつ、リリアはマルスの胸を何度か撫《な》でる。

「この問題も皆で乗り越えましょう。何もかも一人で背負う必要はないと教えてくれたのは、他ならぬ貴方ではありませんか」

「うん、ありがとう」

どうしても自罰《じばつ》的になってしまう。

染《し》みついた悪癖《あくへき》はそう簡単には拭《ぬぐ》えそうにない。

「いつも結構甘えてるつもりだったけど、お言葉に甘えて今日はたくさん甘えさせてもらおうかな」

「ごほーし、にゃ！」

淫靡《いんび》さとはかけ離れた態度でネムは身体に乗ってくる。

擦《こす》りつけられる頰の柔らかさとネムの高い体温に、マルスは無意識に微笑んだ。

十分に癒やされている。寂《さび》しい夜はもう来ない。

「これです、これっ！」

ハズキが嬉《うれ》しそうに胸に抱えてきたのは少々大きめの瓶《びん》だった。

中には金色のオイルが詰まっている。

「アロマオイルかな。この世界にもあるんだ」

「怪《あや》しいおばあさんが売ってたので買っちゃったんですよねっ。いい匂《にお》いしますよっ？」

「怪しいと思った人からよく買うね？」

マルスは苦笑した。

おそらく問題ない物だろう。

この世界では、美容用品は魔女のような老婆が売っていることが多い。

美容は科学よりも魔法的な側面が強いのだ。

知識があるだけでなんてことない一般人であるのだが、魔女の装いのほうが売れるからみんなそうしている。格好《かっこう》も信頼を高めるプロモーションの一つなのだ。

「ハズキにゃんはヌルヌルが好きにゃあ……？」

「これを使って揉みほぐすのですか？」

ベッドが汚れるではないか、と言いたげな苦い顔をリリアはした。

「全員裸《はだか》でオイルまみれっ！　それでヌルヌルし合ったら気持ちよさそうじゃないですっ？」

「……俺の生まれ育った国は変態呼ばわりされることが多い国だったたんだけど、ハズキちゃんの発想はそれに該当《がいとう》する気がする。オイルプレイってやつだな、それ」

「わたしは未来に生きてる……ってことですねっ⁉」

「前向きだな⁉　方向性はあれだけど、発想は本当にすごいと思うけどね。服は本当に未来の水準とアイデアだもん。あれ、俺教えたかなって思うくらい」

変態の才能が天才的だ。

文化的に全く異なる衣装を想像し創造できる。

素直にすごいことだと感じるが、用途が用途なので絶妙に褒《ほ》めにくい。

「頭の中が男の子なんですかねっ？　これ絶対エロい！　って思うのを作ってるだけなんですけどっ」

服を脱ぎながらハズキは照《て》れたように笑う。

照れるのは服を脱ぐほうではないのかとマルスは真顔《まがお》で見つつ思った。

全裸《ぜんら》になったハズキはベッドわきで堂々と立つ。

痴態《ちたい》を晒《さら》すことに興奮《こうふん》を覚えるタイプのハズキは、みんなの前ではその本性を一切隠さない。

自慰《じい》をしている姿がファーストコンタクトだったから余計にだ。今更《いまさら》隠す理由がない。

異様なほどに積極的である。

マルスは個人的にはもう少し恥じらいが欲しいと思わなくはなかったが、ハズキのように一見するとおとなしく清楚《せいそ》な少女が裏では淫乱《いんらん》なのも趣《おもむき》があるとも感じる。

結論、エロければいい。

「つ、冷たっ！」

ささやかな胸の谷間にオイルを流し、ハズキは自分の胸を撫でまわすように揉む。

「こうしてると胸がおっきくなる気がするんですよねぇ。おばあさんも『なるなる、次の日には頭より大きくなるよ！』って超おすすめしてくれましたしっ」

――それ、騙《だま》されてるな？　悪徳商法じゃないか。頭より大きくなるわけがない！　しかも翌日！

マルスはツッコまなかった。

ハズキが楽しそうにしているのだから、とりあえずそれだけで買った甲斐《かい》はあるといえるだろう。

「前々から思っていましたが、胸が小さいほうが服の選択肢《し》が増えるし良いではありませんか？　走ったりしても痛くならないでしょうし。大きいとちぎれそうになりますよ」

邪魔には邪魔です、とリリアは自分の胸を持ち上げる。

重量感がすごい。

「うわっ！　それ嫌味ですよっ⁉　持つ者には持たざる者の苦悩がわからないんですっ！　わたしだってお尻《しり》以外で注目されたいっ！」

「自分の存在価値を低く見積もりすぎでは……？　私たちの中で最高の攻撃力なのですから」

「冒険者としてじゃなく女の子として最強になりたいっ……！」

「そんな壮大な願望が……⁉　だったら今のその行動がもうすでにかけ離れているでしょう！」

人前で全裸になり胸のマッサージまでしているハズキが女の子としての頂点を目指すのは、ある意味、神になるより難しい。

「あっ、乳首効《き》くっ……！♡　最近つねられただけでイっちゃうんですよねぇっ……あっ！♡」

「ほら！　いきなり自慰を始める時点で女の頂点は確実に無理です！」

膝《ひざ》をがくがくさせ、ハズキは恍惚《こうこつ》の表情で自分の乳首を弄《いじ》っていた。

シーツを使い捨てる前提でオイルプレイをしようと決まり、全員が服を脱ぐ。

こうした目新しいプレイは遊びに近い感じで、ネムなどはその意味の好奇心のほうが遥《はる》かに強い。

「わ、わたくしはすでにヌルヌルなので大丈夫です……」

「言うほどヌルヌルじゃないけどにゃ？　下だけにゃ」

シオンの下半身の魚部分は少しぬめりを帯びている。

上半身は普通の人間と大差なく、強《し》いて言えば汗《あせ》や体液がローションのようにぬめりけを持っているくらいだ。

「正直に言えば少し怖いのです。みなさんは上級者ですが、わたくしは初心者ですので……」

「上級者と言われると少々癇《かん》に障《さわ》りますね……！　まるで痴女《ちじょ》呼ばわりではありませんか」

否定しきれませんが……と口をもごもごさせ、リリアも胸にオイルを塗りたくっていく。

摩擦《まさつ》の低下により、にゅるにゅると胸がリリアの手の中で逃げ回る。

柔らかさと滑らかさが強調され、その気ではなかったマルスの心も盛り上がる。

濡《ぬ》れたような身体に室内の光が溶け込んで、その淫靡な造形がさらにくっきりと視界に入ってくる。

じっと見ているとリリアは恥ずかしそうに手で身体を隠そうとするが、そうして動いたことにより肉の曲線ができてマルスはさらに目を離せなくなった。

「ご、ご主人様はこういった趣向が好きなので？」

「語弊《ごへい》を恐れずに言えば大好きだ！」

「ま、まぁ元気になっていただけるなら何でもしますが……えっち」

頬《ほお》を赤らめ、まるで怒っているような顔をしてリリアは言う。

いつものように振る舞ってくれるリリアに安心し、マルスは少し元気を取り戻した。

行町行人《あるきまちゆきと》はもう死んだ。今はマルス・アーヴィングだ。

だったら、それに見合う自分になろう。

転生してからずっとそう考えてきたではないか。

「よし。——吹っ切れた！　俺が転生者だってことはもう忘れてくれ。みんなの知ってる俺で行く」

こくんと頷《うなず》いてみんな笑顔になる。

口にしないだけでみんな不安だった。

「じゃあみんなで楽しくイキましょっ！」

「にゃああっ⁉　冷たいにゃあ⁉」

背中にオイルをかけられ、マルスに乗っていたネムが絶叫するように騒ぎ始める。

かけた当人のハズキは悪びれた様子がまるでない。

二人はきゃーきゃー騒いで楽しそうに追いかけ合っていた。

「ハズキちゃん、俺にもかけてくれるか？」

「えっ、ダメですよっ？」

「唐突《とうとつ》な仲間外れ⁉」

「いえいえ、そういうわけじゃなく――」

ハズキの発言を遮《さえぎ》るように、リリアがマルスの上に全身で乗り上げてくる。

オイルの滑りで胸がいつもより大暴れだ。

圧迫に耐えかね、逃げ回っていた。

重量感があるはずなのに感じさせない感触にマルスの口元がいやらしく緩《ゆる》む。

「こうして私たちの身体で塗りたくる、ということでしょう？」

「先にやられちゃいましたっ……！　わたしがしたかったのにっ！」

ふふん、と得意げなリリアがマルスの肩を掴《つか》み、身体の上を泳ぐ魚のように抵抗なく動く。

慣れておらず、おぼつかない動きでも全身が気持ちいい。

「ん、な、なんだか変な気分になりますね、これ。倒錯《とうさく》気味で……悪いことをしているような気分」

「本来必要ないと言えば必要ないからな……完全に楽しむためだけだ」

リリアを抱きしめ身体を密着させ、長い耳に息を吹きかける。

ぶるると震えてリリアが反応し、か細い声で鳴く。

「あっ！♡」

「ホント、耳弱いよね。可愛《かわい》い」

「知っていながら、弱点を攻めるのは卑怯《ひきょう》ですよ！」

照れ隠しで抗議し、リリアはマルスの胸にその真っ赤になった顔を埋めて見えないようにする。

「す、すぐイチャイチャしますねっ……！」

「ネムはネチャネチャしてるのににゃ？」

ぺたんと耳を倒したネムが不満げに呟く。

同じ感覚派として、まとわりつくオイルの違和感はマルスにも理解できた。

「ほらほらっ！　わたしたちもっ！」

ハズキがネムをマルスの上に押し倒す。

「うぐっ!?　重っ!?」

三人分の重さがのしかかって潰《つぶ》れそうになるが、オイルの滑りで全員横に流れ落ちていく。

肉体を利用した滑り台のようだった。

「……ちょっと楽しいにゃ？」

不満げにしていたネムの目つきが変わり、倒れていた耳がピンと上を向く。

オイルまみれのしっぽをべちんべちんと全員の身体に叩《たた》きつけ、ベッドにオイルが飛び跳《は》ねる。

嬉しそうな顔でハズキは残りのオイルを盛大にぶちまけた。

「シーツだけでなく、ベッドもダメになったのではありませんか、これ……」

冷たさで冷静さを取り戻したリリアが先を想像して憂鬱《ゆううつ》な顔をする。

「き、気にしないで楽しもう。また買えばいいさ」

「ネムたちはお金持ちだしにゃ！」

にゅるにゅる絡みつきながらネムが笑う。

マルスたちは金持ちだ。資産の総額は百億円相当を越えてから数えてすらいない。

さらにたくさん集めた【禁忌《きんき》の魔本】一冊を売るだけでも一生遊んで暮らせる。

訪れた街も最初は異種族のリリアやネムを警戒《けいかい》するが、金払いのいい客だとわかると途端《とたん》に態度を変える。

「二、三個買っちゃいますっ？」

「ベッドばっかりそんないらないよ！」

ははは、とマルスは笑っていたが、偶然触れた彼の股間の感触でリリアが真顔に戻り、空気が変わる。

「──始めましょうか」

リリアが耳元で囁《ささや》いた。


「絶景だな……」

シオンに膝枕──人魚状態なので膝はないが──され、眼下にはリリアとハズキとネムがオイルまみれでまとわりついていた。

両足にはハズキとネムが、腹の上にはリリアだ。

少し見上げればシオンの巨大な胸もある。

──こんなハーレム、貴族でも簡単には手に入らないだろうな。

「何を考えているのです？」

腹と胸でマルスの身体を悦《よろこ》ばせながら、不可思議なものを見る目つきでリリアが問う。

「最高だなって思ってね」

「あっ⁉」

真上にあるシオンの胸を突発的に揉む。

ぽよんぽよんと指の間に柔らかな脂肪《しぼう》が流れ込む。

視覚聴覚嗅《きゅうかく》覚触覚、すべてが最高だった。

「浮気者にはこうです！」

「そ、それただのご褒美《ほうび》……！」

ぬるんとリリアの谷間にペニスが呑《の》み込まれ、パイズリが始まる。

うっ、と声を上げ、マルスはこれまで感じたのとは違う刺激に身悶《みもだ》え、身体をよじる。

オイルなどの潤滑《じゅんかつ》ありでしてもらったのは初めてだった。

「マルスさんが浮気者だったおかげで今こうして幸せって思えていると考えれば別にいいんじゃないですっ？」

「浮気っていいことなのにゃ？」

「いや、よくないから間違えないように！」

現状を見れば全く説得力がないが一応倫理《りんり》を説いておく。

胸を揉み、ほかの女の胸に一物《いちもつ》を挟《はさ》まれて悶絶《もんぜつ》している男のセリフではなかった。

「にゅるにゅるして上手《うま》く動かせませんね……あっ、逃げちゃだめです！」

谷間の圧力によってマルスの巨根が逃げ回り弾《はじ》き出される。

すぐさま追いかけて来たリリアの手は、また谷間に長い肉茎《にくけい》を誘い込む。

そして大きな胸に完全に埋もれてしまった。

オイルがねちゃねちゃと音を立て、聴覚、触覚、そして視覚でマルスを楽しませる。

大きさだけならシオンもリリアと同等のものを持っているが、技術は比べられないほどリリアが上だ。

挟む胸にこめる力をマルスの快感度に合わせて変化させ、的確に射精に導く。

「少し勝手が違いますが上手にできていますか？」

「で、できすぎ……」

最初はゆっくりと自分の胸の柔らかさを強調し、次第《しだい》に速度を速める。

だが力はあまり入れず、すりすりと撫でるように性感を高める動きだった。

時々左右を別々に動かしてみたり、バリエーション豊かに動かしてくる。

他の者に比べ、回数も時間もリリアが圧倒的に多いだけあってテクニックが素晴らしい。

マルスの反応や顔を見て強弱を巧《たく》みにコントロールしているのがわかる。

——い、いつもよりかなり……！

息が荒くなり身体が小刻《こきざ》みに震える。

オイルの影響で、まるで知らない女性器に入れているような気さえした。

そう感じ始めると腰が前に出てしまうのが男の本能だ。

足に乗っているハズキとネムごと腰を持ち上げてしまう。

「だめですよっ！」

「今日はごほーしだから動いちゃだめなのにゃ！」

ぐいっとハズキとネムの二人が体重をかけてマルスをベッドに押し込む。

そして上半身まで登り、脱力したマルスの腕に絡みついて首筋や鎖骨《さこつ》、乳首などを舐《な》め始める。

ネムの、普通の人よりもざらざらした舌《した》が肌を軽くひっかいて、その刺激が痛気持ちいい。

「えーと、わたくしは……えいっ！」

シオンはマルスの頭の上にあった胸を押しつけて、口以外を覆《おお》う。

肉のアイマスクだ。ひんやりした胸である。

顔の形に合わせてふわふわと形を変え、その温度と柔らかさを過剰《かじょう》なほどに伝えてくる。

谷間の汗の匂いが妙に甘い。

鼻を塞《ふさ》がれたことで酸欠気味の脳みそは性欲に支配されていく。

身体の各所にある様々な女の柔らかさが暴力的だ。

成熟度合がそれぞれ違って、若い硬さや成長した柔らかさなどよりどりみどりだった。

自慰では決して得られない、性交によってのみ得られる全身の快感。

触れ合うところ全てが気持ちいい。

こんな状況で理性を保っていられる男などいるはずがなかった。

「興奮しすぎてすぐ出そうだ……！」

「それは少しもったいないですね？　もう少し我慢《がまん》したほうが気持ちよくなれると思いますよ？」

「が、我慢ができないんだよ……うっ」

マルスが限界だと察したリリアは胸を開く。

オイルが粘《ねば》ついて糸を引いていた。

「びゅるびゅるはもうちょっと我慢にゃ」

「だ、誰の中に出したいですっ⁉」

ハズキとネムは耳元で囁く。

ハズキの質問に対する答えは「全員」だ。

精神的な面ではリリアと答えるが、肉体的な面なら上下を判断することは難しい。

誰を相手にしても快楽は凄《すさ》まじいし愛を感じる。

精神にしても全員がそれぞれいいところを持っている。

選ぶことなどできるはずがない。

選べるのは他に選択肢がないからでしかなく、マルスのように選択肢をたくさん持っているなら等しく全員選びたいのが本音である。

「さ、最初はリリアで……」

一人を選べないので順番を決める。

どうせ最終的には全員とするのだ。

「ハズキ、このオイルは口にしても大丈夫なものですか？」

「あっ、大丈夫ですよっ！　お料理にもって言ってましたからっ」

「もしかして、ただの油では……？」

少しだけ疑問符を浮かべた顔をして、その後リリアはマルスの亀頭《きとう》の先端にキスをする。

尖らせた舌先が裏筋《うらすじ》をなぞり始めた。

視界を塞がれているマルスに聞こえるよう、ぺちゃぺちゃと煽情《せんじょう》的な音を立て、さらなる劣情を刺激しようとする。

ちゅぽんと、空気を口に含まないようにすぼめてリリアは亀頭を飲み込んだ。

そして頭を上下する。

「気持ちよさそうですね」

「あ、ああ……」

マルスの乱れた息を感じてシオンが穏やかに微笑む。

リリアは刺激に緩急をつけるのがとにかく上手い。

さらに舌の動かし方が絶妙で、痛みは一切なく快楽だけを与えてくれる。

最初のうちはえずくことも多かったが、今では自分の限界を理解して加減を覚えていた。

ちゅぽちゅぽと可愛げのある唾液《だえき》の音がマルスの耳に入る。

舌の表面のざらついた感触、舌の裏側のつるつるした感触、口蓋《こうがい》や歯の硬い感触が認識するより早く次々と移り変わり、マルスはその複雑さに身悶えた。

蛇《へび》がまとわりついたように舌が這《は》いまわる。

口の中に入れているのに、まるで膣《ちつ》に入れているような感覚だ。

すぼめた唇《くちびる》に扱《しご》かれる。

舌が局所的に刺激してくる。

撫でられているように優しいと思いきや、急に激しく動かされたりと、マルスは予想しがたい快感に揺さぶられた。

ぶるる、とマルスの下半身が射精の前段階の震えを起こす。

察したリリアはすぐに口を離す。

癒やすとは言っていたが、すぐには射精させてくれないらしい。

時々S心が出てくるのもまたリリアの特徴だ。

実際その顔は少し意地悪っぽく微笑んでいた。

——げ、限界なのに！

早く射精したくてマルスは心底《しんそこ》残念な気分になった。

リリアが立ち上がったのがベッドの沈み込みでわかる。

意地悪や焦《じ》らしではなく、一度目の射精は膣内でということのようだ。

今日のマルスは受け身だから、リリアが騎乗位で動いてくれるのだろうと予想する。

「そ、その、繋《つな》がっているところはあまり見ないでくださいよ。慣れてても恥ずかしいですから！」

リリアが照れて上《うわ》ずった声を出す。

ハズキたちが、リリアとマルスが繋がろうとしているのをじっと注視していた。

剝《む》き出しの性欲がぶつかり合う瞬間を見られるのは恥ずかしい。

シオンの重い胸を少し持ち上げてマルスは視界を確保した。

マルスの腰の上に中腰になり、自分の割れ目を何度か揉みほぐす動きをしていた。

見たところ、オイルとは違う液体でリリアの秘裂《ひれつ》はぐっしょり濡れている。

リリアは前戯《ぜんぎ》をするとメスのスイッチが入るのだという。

オスを悦ばせるために卑猥《ひわい》な行動をし、本来汚いはずの性器を口に含み、子孫を残すわけでもない射精を媚《こ》びる自分の行動に興奮する。

マルスのためにしているのとは別に、自分の高揚を促《うなが》すための前戯でもあるのだ。

だから前戯し終えた段階で淫液《いんえき》が満ち満ちてしまう。

誰よりも性器をこすり合わせる快感をリリアは知っているから、身体が自然に反応する。

危険に囲まれ、死が身近な彼らの性欲は基本的に強い。

他人の体温や感触をどうしても求めてしまう。

肉欲だけでなく安心感が欲しい。

マルスのペニスを指先でつまんだリリアは、自分の穴に狙《ねら》いを定める。

先端の刺激にマルスは顔をしかめた。


これからさらなる快楽の壺《つぼ》に入るのだと覚悟を決める。

マルスだけが知る、リリアすら知らない奥の奥へ。

みっちり詰まった肉穴は平たい肉に穴を開けるような感覚だ。

亀頭の先端が入ると、カリの高いところまで飲み込まれる。

一番周径の大きな場所が入れば、あとはリリアの体重でゆっくりと飲み込まれていく。

「ん、ふっ……」

マルスの腹に軽く体重をかけてリリアは腰を落とす。

口を手で覆って喘《あえ》ぎを隠していた。

マルスは大きく息を吐く。

ゾワゾワと昇る快感に集中した。

膣内は細かいヒダがぴったりまとわりついて、じょりじょりと理性を溶かす刺激をマルスに与えてくれた。

騎乗位には性格が出る。

ハズキのように自分の快楽に没頭《ぼっとう》したい者はクリトリスの刺激を求め腰を前後する。

だがリリアはマルスが気持ちよくなれるよう、腰を上下する。

リリアは膣内の快感のほうが強いこともあるが、それとは別に愛情ありきでセックスするのだ。

ずぶずぶと根本まで飲み込んだあと、リリアは少しの間停止した。

いくら毎日のようにしていても、マルスの巨根は強い圧迫感をもたらす。

多少馴染ませないとまともに呼吸さえできない。

やがてこの状態に少し慣れたリリアはゆっくりと動きだす。

普段はぴったり閉じている性器がマルスに合わせて歪《ゆが》み、大きく開いていた。

中から覗《のぞ》くピンク色の秘肉《ひにく》が劣情を加速させる。

「んんっ……あっ♡　あっ♡」

胸が揺れないように両方の二の腕で挟み、リリアはゆっくり腰を上下し始めた。

揺れる胸を堪能《たんのう》したいマルスには少々物足りない気もしたが、挟まれて強調される大きさもそれはそれで捨てがたい。

むっちりとした肉の柔らかさと大きさがさらに強調され、しかもオイルまみれのそれがリリアの動きで不規則に逃げ回る。

つまりどちらでも興奮する。

「前から思ってたんですけど、リリアさんって喘ぎ声可愛いですよねっ？　いつもよりだいぶ高いっていうかっ……」

「ハズキにゃんの声は汚いからにゃあ……にゃああ……！　みたいな感じにゃ。知らなかったときはオバケかと思ったにゃ」

ぼそぼそと話す二人の会話が聞こえる。

リリアは目をつぶったまま、恥ずかしそうに耳を両手で塞ぎ、今度は腰をくいくいと前後し始める。

当たる場所が変わると快感の質も変わる。

上下のピストンだけなら柔らかい肉が絡みつく感触だが、前後に揺らされるとゴリゴリした少し硬い感触になるのだ。

腰を少し突き上げたり回したりして、リリアの弱いところに擦りつける。

「んっ、んっ……♡」

リリアは口を塞いで喘ぎを抑え腰を振る。

顔は真っ赤で余裕のないものだった。

喘ぎ声が可愛いと言われて恥ずかしくなったのだろう。

ハズキたちはニヤニヤしていた。

「そ、そろそろ出そう」

マルスの腰が突き上がり軽く弓なりになる。

三人分の体重を載《の》せていても、本能がリミッターを外した身体の力は強い。

元々射精寸前まで追い詰められていたから余計に我慢が利《き》かない。

これだけの人数に見られながらの絶頂は素直に恥ずかしいが、周りを気にしている余裕はなかった。

真上のシオンの胸を揉みしだき、甘い匂いを嗅《か》ぎながら没頭する。

「わ、私もイくっ……♡」

ぶるる、と身震いし、苦しそうな声でリリアは絶頂を口にする。

最初の頃から染みついた癖《くせ》の一つだ。

リリアが初めてだったマルスは、自分の動きの良し悪しがわからないため、なるべく気持ちを言葉にするようお願いしていた。

どこがどう気持ちいいのか、何が気持ちいいのか、はたまた痛いのか。

そんな質問を何度もしているうち、リリアは淫語《いんご》でも行為中は癖で口にするようになった。

きゅうっと締まる膣に根負けしたマルスも下半身にたぎる奔流《ほんりゅう》を解き放つ。

どくんっ……びゅるる！

「うっ、うっ！」

シオンの胸が顔に再び押しつけられて呼吸困難気味の脳みそは真っ白に染まり、マルスをリリアの膣奥に精液を注ぎ込むだけの生物に変貌《へんぼう》させた。

腰を突き上げ、子宮《しきゅう》の入り口に鈴口《すずぐち》を押しつけて射精を続ける。精神が望まなくてもマルスの身体は目の前のメスを孕《はら》ませたくて仕方ない。

「び、びくびくしてるっ……い、いっぱい出てます……♡」

膣内で躍《おど》るようなマルスの脈動を感じ、リリアは恍惚の表情を浮かべていた。

自分相手でマルスが気持ちよくなっていること自体がこの上なく好きなのだ。

三十秒ほどの長い射精が終わり、ようやくマルスの意識がまともなものに切り替わる。

しかし息は切れていて、いまだ夢うつつのおぼろげな思考だった。

「次は誰にしますかっ⁉」

「も、もう少し余韻《よいん》に浸《ひた》らせなさい……」

軽い絶頂が続くリリアは小刻みに震えながらハズキに文句を言う。

早くしたいのはわかるが、リリアは事後まで含めてゆっくり楽しみたい。

いつもなら繋がったままキスしたりする長い時間がある。

「お、俺ももうちょっと……うっ……」

マルスにしてもそれは同じだ。

いくら絶倫《ぜつりん》でも男である以上、連続での行為はよほど溜《た》まってでもいない限り大変である。

弾切れまではまだまだ余裕があるがリロードの時間は必要だ。

しかし目をぎらつかせたハズキたちを見ていると、そのような甘えは許されないのだとわかった。

今日はマッサージなどでマルスを癒やすという話だったが、結局はマルスがみんなを癒やすことになるだろう。

それもそれでいいか……とマルスは気合いを入れた。

# 第4話

「見えるけど遠いね」

「世界樹は雲の上まで伸びておりますから。正確な高さは誰にもわかりません」

世界の半分の人たちは世界樹の姿を肉眼で見たことがある。

それくらい巨大な樹が世界樹だ。

「……わたしの魔法で全部燃やしちゃえば円満解決っ！ ってなりませんかねっ？」

「発想が物騒《ぶっそう》すぎる！ しかも《漆黒《しっこく》》は逃げるぞ!? ——世界樹ってのはさ、名前の通り世界に根付いた樹で、もし枯れれば世界中の地盤が崩落《ほうらく》するかもしれない大事な存在なんだ。だからダンジョンは崩壊《ほうかい》しても世界樹そのものはそのまま残るんじゃないかな」

地面に張り巡《めぐ》らされた根は巨大で広大で、なくなればその空洞に世界が呑《の》み込まれてしまう。

大きな山でも地面に沈み込んでいくだろう。

自然物の恩恵を得るためだけでなく、世界の要所として人がエルフから奪い取ったのはそういった事情もある。

エルフはその気になれば世界を滅ぼせてしまう力を持っていたも同然だったのだ。

「旅してて思ったんですけど、この世界っておっきいですよねっ。わたし一人じゃ何にもできないんだなって毎回思いますっ」

「だね。一人でできることなんて、たかが知れてるもんさ」

人は一人では生きられない。

マルスのみならず、仲間はみんな知っていることだ。

そんな世界に《漆黒》は部外者として一人きり。

たった一人で世界相手に戦おうとしている。

孤高と言えば聞こえはいいが、やはり孤独ではないかとマルスは思う。

「あとは障害なく侵入できれば……」

リリアが苦虫を噛《か》んだような顔で言う。

世界樹の周辺――旧エルフ領は現在、人間の国家の管理下にある。

そんな場所にエルフが、それも元王族がやってきたならば、ダンジョン攻略以外の目的を持って現れたに違いないと物騒な推論《すいろん》を立てられてしまう。

力をつけて領土を取り戻しにきたと勘違《かんちが》いされる可能性は高い。

今回、一番最初のハードルはそこにあった。

「金の使い時だな。賄賂《わいろ》に賄賂を重ねていけば何とかなるさ。悲しいことではあるが、ある意味最強の切り札だし」

「私やネムを拒否する店もお金を積むと一瞬で態度を変えますものね……」

「わかりやすくていいけどにゃ？」

「そのわかりやすさが嫌なんだけどね」

マルスは苦笑する。

この世界は贈収賄《ぞうしゅうわい》が横行していた。マルスが知らないだけで前世の世界もそうだったのかもしれないが。

「金銭についてはいまだによくわかりませんね……人魚は物々交換でした」

「成立するならそれが一番いいと思うけど、人間社会では難しくてね。自分の持ってるものはみんな高く見積もるから」

シオンたち人魚の場合、そもそも物資が少ない。

食料同士の交換がメインであるから物々交換が成立していた。

だが他の種類の物との物々交換は難しい。

状況によってその価値が変わり、各人の心でも価値が変わる。

揉《も》め事の元でしかないため、金銭という統一された価値観で交換が行われるほうが平和だ。

「ダンジョンに落ちてたお金で何でも買えるのはすごいにゃ。石ころと交換してるのと気持ち変わんないにゃ」

「確かにありがたみはあんまりありませんよねっ！　ちょっと死にそうになれば手に入る、みたいなっ！」

「いや、それは結構ありがたみないか⁉」

死と天秤《てんびん》にかけるのだからそれ相応に価値があるとマルスは思うが、ハズキはそうでもないらしい。

この世界の人々の死生観はマルスと少し違う。

少し死との距離が近いのだ。子供の生まれる数も死ぬ数も多い。だから死に耐性があるようだった。

死が関連する物事であっても、案外素直に受け入れてしまう。

墓守《はかもり》の一族出身で死のそばで生きてきたこともあってか、ハズキは特にその傾向が強い。

ダンジョンを考えなしに進んでしまうのも、自分を軽く見てしまっているからだろう。

性欲が異様に強いのも死とともに生きてきたからかもしれない。

いち早く子孫を残さねばならないと本能に染《し》みついているのだ。

だいぶ前から、それこそ初対面から気づいていたが、ハズキは少しおかしな子だ。

自分を天才と言ってみたり、反面、異様なほど自信がなかったり。

まぁそんなところが面白《おもしろ》い子なんだけど、と思いながらマルスは笑みをこぼす。

「命は大事にしろにゃ？」

馬車の床で蕩《とろ》けるようにだらけながら、ネムは呆《あき》れ気味な声で言った。

「あれ、普通にお説教っぽいっ!?」

「わたくしもそうしたほうが良いと思いますよ？」

シオンは寝そべるネムの耳周りを撫《な》で、少し悲しげに同意する。

「痴女《ちじょ》」

「今関係なくないですっ⁉　痴女発言してませんよっ⁉」

「もう……ええと、顔が痴女です」

「リリアさんが超雑っ！」

みんながキャーキャー騒いで馬車内は賑《にぎ》わう。

深刻な空気になるよりはいいかと思いながら、マルスは馬に鞭《むち》を打った。

ダンジョンに侵入できるかわからないが、いざというときは強行突破すればいい。

世界と天秤にかけるなら、少しの犯罪はどうでもいいだろう。

空を見上げてマルスは独《ひと》り言《ご》ちた。

「デカすぎて意味わからんレベルだな……」

樹という範囲で考えると想像の埒外《らちがい》過ぎる。

世界樹の周径はわからない。丸くなっているはずだが、その曲線さえ窺《うかが》えない。

雲の上まで続く巨大な壁。マルスが抱いた印象はそれに近かった。

その凄《すさ》まじい圧迫感には荘厳《そうごん》さがあり、人間一人などちっぽけに思えた。

エルフが自然信仰になるのも無理からぬ話だ。

こんなものが自然に生まれるなど信じられない。

馬車は近づいているはずだが、世界樹のスケールが大きすぎて比べるものが少なく距離感が掴《つか》みにくい。

「こ、これじゃわたしの魔法でも全然燃やすの無理ですねっ……」

「まだ焼く気だったのですか……？」

フードで耳を隠したリリアが心底《しんそこ》失望した声を出す。

ネムもシオンも馬車の荷台でうずくまって隠れていた。

「間違って戦闘になるかもしれないから、いつでも戦えるようにしておいてくれ」

世界樹の下は普通の街や迷宮都市とは少し空気が違い、まるで前線基地のような物々しい作りになっていた。

入り口は巨大な門が一つだけ。他の部分は高い壁に覆《おお》われてしまっている。

さながら要塞《ようさい》だ。

「あの壁は私たち王家が築いたものです。厚みがありますので、破壊的手段での突破は難しいです」

リリアが懐《なつ》かしむように言う。

エルフの王国だった場所をそのまま接収したのだろう。

壁はこの世界樹の周径以上に長いのかと思うと気が遠くなりそうだ。

万里《ばんり》の長城の比ではない。エルフが長命だからこそ築けた壁だ。

一から建造し直すよりは接収したほうが効率がいい。人間が同じものを作ろうとすれば何世代かかるか。

「あの門を越えるしかない、ってことか。さすがにすんなりとは通してもらえないだろうな。検分《けんぶん》されたらまずい。俺とネムちゃんだけならあの壁も登れるかもしれないけど……」

ハズキを除けば全員異種族だ。

ましてエルフのリリアまでいたら絶対に入れてもらえない。

賄賂は荷台の検分を防ぐために使うつもりだった。

「大丈夫です。王族とそれに連なる者だけが知る隠された道がいくつかあるのですよ。結局使われることはありませんでしたが……きっと今もまだ存在していると思われます」

「ならそっちだな！　案内頼む！」

「はい。ではまず右に大きく旋回していただけますか？　一見何もない場所に入り口は隠されています」

了解！　と声を上げ、マルスは馬車を街から離れて行く方角へと向ける。

リリアがぱさりとフードを脱ぐと、荷台にいたネムもすぐにフードを脱ぎ、風に大きな耳を晒《さら》して気持ちよさそうな顔を見せた。

隠れ潜《ひそ》むことはどうにも性《しょう》に合わない。

「土の中か。見つからないわけだ」

「ええ。元は世界樹の根の細いところで、腐ってしまったところを掘り進めたものです」

マルスたちは何もない草原を探索する。

一見すると、ただの草原でしかなかった。

「ここたぶん、下に何にもないと思うにゃ？　すっかすかの音するにゃ」

「さすがですねっ！　わたしはちょっと珍《めずら》しい虫を見つけましたよっ！」

ネムが足元の反響音から空洞を見つける。

ハズキの指先にはどこにでもいるテントウムシがいた。

サボって花でも眺《なが》めていたのだろう。

砂漠には花はあまりなく、サボテンばかりだったから、ハズキは花を見ると喜ぶ。

「虫ケラ」

「えっ、もしかしてわたしに言ってませんっ⁉」

「無視しないだけ優しいと思いなさい」

片手で顔を隠し、リリアは盛大に全身でため息をついた。

「俺には全然わからん」

足でドンドン踏んでみるがさっぱりだ。

「この近辺に階段が隠されています。基本的には通路側から、つまり下から開けるフタで塞《ふさ》がれているのですが、探せば違和感のある場所があるかと」

「ハズキにゃんが適当に歩けば見つかりそうにゃ」

「罠《わな》感覚っ⁉　ま、まぁやってみますけどっ……あ」

とんとん、とハズキはつま先を何度か地面にぶつける。

「……マジで見つけたの？」

「ここ、ほかとちょっと感触違いますねっ……平らな石の板じゃないかなーって」

「……今後の冒険、貴方《あなた》と少し距離を置いたほうが安全そうですね」

ハズキの足元の草を掻《か》き分け、表面の土を取り除いてみると、明らかに人工物だとわかる岩盤が出てくる。

「デカいな……リリア、この岩盤割ってもいいかな？」

どこに開閉操作できる場所があるかわからない。下が階段であるなら、岩盤を割ってしまえばいいのではと考えた。

「そうしましょう。別段こだわりもありませんから」

「助かる。じゃあみんな少し離れてくれ」

マルスは『身体強化』を発動し、【夢幻《むげん》の宝物庫】の中から巨大なハンマーを取り出す。

そして地面に思いきり叩《たた》きつけた。

その衝撃は大きすぎもせず、小さすぎもせず、階段を隠していた岩盤は綺麗《きれい》に二つに割れた。

あまり広範囲に衝撃が及ぶと、通路が落盤で塞がってしまうかもしれなかったから、マルスは慎重だった。

「おおおーっ！　本当に階段ですっ！　王家の隠し通路そのもの、実際に見るとすっごい興奮《こうふん》しますねっ⁉　お話の中だけだと思ってましたっ！」

「王家の者を逃がすために、従者が追手を足止めして悲しいお別れをする場所にゃ⁉」

「そうそう！」

「二人とも物騒な本読んでるな⁉」

ハズキとネムはいわゆるライトノベルが好きでよく読んでいる。

前世の値段だと一冊百万円を超えるような品物なので二人は本をシェアしていた。

全員で暗闇《くらやみ》をのぞき込む。

まるでダンジョンのようだなとマルスはぼんやり考えた。

「一応気をつけてくださいね。部外者の侵入を防ぐため、内部は迷宮構造になっています。もちろん罠もあるので気をつけるように、ハズキ」

「はーいっ！」

わかっているのだろうか、と思わざるを得ないくらいハズキの返事は明るかった。

ネムもテンションが上がっている。

聖地巡礼《じゅんれい》のような感覚なのかもしれない。

一同は暗闇の道に侵入する。

# 第5話

「申し訳ありません、歩けなくて……」

「気にしないで。そうなった原因は俺たちを助けてくれたからじゃないか」

足を生《は》やせないシオンを背負い、マルスたちは進む。

足がないので、特製のおんぶ紐《ひも》を用いている。

両手を離しても問題なく、一応そのまま戦闘もできる。

後ろのシオンも多少ならサポートの魔法が使える体勢だ。

洞窟《どうくつ》は世界樹の細かな根――巨木ほどの太さがある――が枯れてできた空間を整備したもので、その根の枝分かれの多さもあって、天然の迷宮と化していた。

しかし、マルスには意図して枯れさせたものに思える。

こんな風に都合よく壁の中と繋《つな》がる場所が枯れるなど考えにくい。

リリアは純粋に自然信仰を持っているようだが、かつての王族まで皆そうだったわけではないだろう。

信仰しつつも、それを利用する知識と技術を持っていたに違いない。

リリアの手前、言いはしないが、リリアの気性を考えても、エルフはやはり人間の敵だったのだろうと思う。

世界樹の軍事利用は絶対に考えていた。

そうでなくとも世界樹の権威と脅威《きょうい》を最大限利用していただろう。

リリアの視点だけで判断すれば人間が一方的に虐《しいた》げたように見えても、おそらくそれは正しいものの見方ではない。

人間の側からすれば、世界の命運を握る恐怖の王国だったはずだ。

エルフは人間よりも長生きで頭もよく、魔法を使う能力まで人間より平均的に高いのだから。

だから、滅ぼされた。

その事実だけでエルフが人間と敵対していた証拠として捉《とら》えられる。

同じ異種族であってもエルフの扱いは格段に悪いのだ。当然理由がある。

害がなく友好的だったなら滅びの未来は避けられていただろうから。

リリアだけが特別なのだ。

「土臭いにゃー?」

「蜘蛛《くも》の巣もすごいですねっ……おっきい蜘蛛がいたらすっごい嫌ですっ……ほんと、蜘蛛だけは苦手なんですよねっ……」

たいまつを振り回し、最前列のネムが鼻をつまむ。

狭い通路は土埃《つちぼこり》が積み重なっている。長らく誰も通っていないことは明白だった。

「リリア、進む方向は覚えてる？」

少なくとも敵に関しては安心な道だ。

「いえ。ですがこの道には秩序があります。あ、あれですね」

リリアが指さした先には燭台《しょくだい》があった。

「この燭台はこの先にもあります。よく見ていただけますか？　この燭台の枠《わく》の部分、爪《つめ》が四つありますよね？」

「ああ」

「四つの場合は右を、三つの場合は左を進むのが正解です」

「単純だけど、知らないと解けないし、わかりやすいな」

ある程度時間と反復検証の手間をかければ法則に気づけるだろうが、その時間をかけた段階でこの迷宮の目的は達成されている。

逃げ延《の》びる時間を稼《かせ》げればそれでいいのだから。

「この先はずっと二択を迫られ、この秩序を理解していないと永劫《えいごう》に迷い続けます」

この何もない地底で死ぬまで……と考えると恐ろしい。

もしかすると遭難《そうなん》者の遺体に遭遇《そうぐう》するかもと思うと少し気が重くなった。

「ダーンジョンにゃー！　暗い臭い汚いにゃー！」

「ここはまだダンジョンではありませんよ。あまり騒ぐと地上にも聞こえるかもしれないので静かに」

「楽しくしたほうがいいと思ってにゃ？」

「内容は不満ばかりでしたけど……!?」

テンションが高いだけだった。長居すると健康を害しかねない感じで不衛生なのは間違いない。

「迷わなければ一時間もせずに到着しますよ。今ひと時の辛抱《しんぼう》です」

「あ、あのっ！」

「どうしました？」

ハズキが急に声を上げ、指を下に向ける。

おそらく罠《わな》を踏んだ感触があるのだろう。顔が真っ青だった。

「もしかして……罠？」

「た、たぶん……」

「ここは王族が民を引き連れて逃げるための通路です。そのため、殺傷力の高い罠はないはず。逃げ惑《まど》う人民が誤って踏む可能性はかなり高いですから。なので足を上げても大丈夫ですよ」

リリアが自信ありげに言うものの、マルスもネムも罠の発動を警戒《けいかい》し周囲をよく観察する。

もし罠なら、壁から矢が出てきたり、地面から槍《やり》が生えてくるような兆候《ちょうこう》があるはず。

察知《さっち》できればマルスたちがその発動より先に対処できる。

恐る恐るハズキが足を上げるも、何も起きなかった。

「一般層ならば踏んだことにすら気づきません。その罠は慣れている手練《てだ》れの足を止めるために設置されているのですよ。動けば死ぬと知っている者向けに」

「こ、怖いですねっ」

罠の脅威を知る者の進行速度を遅くする。

王族の命を狙《ねら》うような追手は必ずそうした実力者だ。だから効果的。ターゲットが明確な偽《にせ》の罠である。

「正しい道には危険な罠はありません。反面、間違った道には死をもたらす罠が仕掛けられています」

「ハズキにゃんは後ろにいろにゃ？　先頭だったらもう何十回も死んでるんじゃにゃいかにゃ」

「は、はいっ！　絶対に出しゃばりませんっ！」

にゃあ～と煽《あお》るように笑い、ネムはハズキを自分の後ろに配置する。

マルス抜きでもみんな団結し、各々《おのおの》役割をしっかり持っている。

お互いの至《いた》らない部分を理解しあって補い合っている。

小さいがこれも社会だ。

最悪マルスが《漆黒》と相打ちになってもみんな生きていけるだろう。

今回ばかりはその可能性も考慮する。

三十分ほど進むと、微《かす》かながら明かりが見えてくる。

それが漏《も》れ出た光だと気づき、一同はこの息苦しい空間を抜け出ることができると歓喜《かんき》した。

最悪、出口がもう建物の下敷きとかになってしまっているかもしれないと危惧《きぐ》していたためだ。

「これ、どこに通じてるんだ？」

「世界樹のふもとですね。森の中と考えてもらって構いません」

「今も森だと助かるが……場合によっては戦闘になるかも。俺が先に出る。シオンさん任せていいか？」

「わかりました」

階段を塞《ふさ》ぐ岩盤をマルスは持ち上げ、隙間《すきま》から様子を探る。

その瞬間、隙間から土が流れ込んだ。

腐葉土《ふようど》の少し生臭《なまぐさ》い香りが肺《はい》いっぱいに染《し》み渡る。

周りは森で、周囲に人影はない。

音もしない。

「大丈夫そうだ」

「マルスにゃん、静かすぎて変にゃ。どこからも人の音がしないにゃ」

確かに妙な空気だ。

たとえマルスたちの侵入がバレて迎撃《げいげき》態勢を整えているのだとしても、鎧《よろい》は無音で動かすことは難しいし、会話や呼吸音などネムやリリアの耳ならば間違いなく聞こえるはず。

階段下のネムが小さな声で忠告する。

ゴゴゴ、とマルスは岩盤をずらし、皆が通れるようにする。

「誰もいない」

出た先は森というよりも林で、少し先は思った以上に建物が密集している場所だった。

エルフの国はもうない。それは人間の文明が蹂躙《じゅうりん》して近代的な都市になっていた。

「音がしないというより……人の気配がないように思えます」

「ああ……たくさん人がいるはずなのに」

頭を軽く掻《か》いてマルスは困惑《こんわく》した。

世界樹を破壊すれば世界は壊れてしまうかもしれない。

だから警備はかなり厳重のはず。

そうでなくても様々な自然の恩恵を求めて集まってきた、たくさんの人がいるはず。

だというのにどこからも声がしない。

「す、すごい血の匂《にお》いするにゃ！　あいつにゃ！」

ネムの声で嗅覚《きゅうかく》に集中してみると、緑の香りに混じり生臭い匂いが漂ってきた。

いや、最初からしていたのだ。

気づかなかっただけ。それが空気と同じくらい自然に周囲を取り巻いていたから。

物陰《ものかげ》に隠れながら周囲を散策《さんさく》する。

一気に全員思考が警戒モードに切り替わった。

血の匂いの正体がすぐにわかったからだ。

人人人。数えきれないほどの人がいた。

だがしかし、息をしている者は一人もいない。

血と臓物《ぞうもつ》が世界樹の周りに散乱していた。

死体はカラスや虫などに食われ酷《ひど》いありさまだ。

多少耐性のあるマルスたちだから受け入れられただけで、一般人が見れば胃の内容物は全《すべ》て地面にまき散らされたことだろう。

その光景を見た瞬間、この都市にいた人間全てがもう生きていないのだと直感でわかった。

何人が死んだのか想像もつかない。下手をすれば万の単位かもしれない。

「《漆黒《しっこく》》だ」

「あ、あれ見てくださいっ……」

世界樹のダンジョン、その入り口である門には血文字でメッセージが残されていた。

血は乾いて黒ずんでいた。

『野暮《やぼ》な連中は殺しておいた。楽しみに待ってるぞ』

要するに、《漆黒》なりの気遣《きづか》いがこの惨状《さんじょう》を生んだ。

マルスたちに世界樹のダンジョンを作り変えたという〝告知〟をしに来たときにはもうこの惨劇《さんげき》は起きていたのだろう。

《漆黒》と言えど、ダンジョンにはやはり簡単には入れてもらえなかったのだ。

だから全員殺した。

話し合いや説得することを最初から放棄《ほうき》し、全員を物言わぬ屍《しかばね》に変えた。

邪魔者を物理的に排除することを選択肢《し》に入れられるならば人生はスムーズだ。

ただし、普通の人間は自分が排除されることを危惧して実行できない。

恐れるもののない《漆黒》だからできること。

マルスたちが誰にも邪魔されないよう《漆黒》がくれた『優しさ』がこの惨劇である。

《漆黒》に罪悪感などないし、この場合で言えばむしろ善意があった。

蟻《あり》も人間も同じ。《漆黒》からすれば等しく価値がない。

神の精神、どこまでも平等な精神を有するものは人間をほかの生物と区別しない。

現在は局所的な惨劇に過ぎない。

だがこれはこの世界の終わりの始まりだ。

マルスが負けて《漆黒》が神になったならば世界中がこうなる。

どんな命も例外なく屍を晒《さら》すのだ。

全ての命を消し去り、世界をやり直す。

それこそが《漆黒》の望みだから。

「……とりあえず埋葬しよう。このまま放置するのは可哀相《かわいそう》だ。手伝いを強制はしないから、手伝いたい人だけ。ちょっとキツすぎるし」

「私は……少々休ませていただきたいです」

結局、手伝うと挙手したのはハズキだけだった。

ネムは匂いで完全に昏倒《こんとう》し、シオンも深海では絶対に見ない光景に明らかに動揺していた。

リリアは自分の生まれ故郷の変わりように口に出さないだけで困惑していた。

どこかぼんやりとしていて目が虚《うつ》ろだ。

反応が変に冷静なのも気になる。

エルフの土地を奪った者たちの死に、ざまぁみろという感情もあるかもしれない。

黒い感情も少しは心にあるはず。

しかし、久しぶりの帰郷がこんな形であるだけでも嫌だろうに、その故郷がこんな凄惨《せいさん》な有《あり》様《さま》になっていれば精神的にダメージを負うのも無理はない。

リリアはこういう時、気持ちを抱え込んでしまうのを知っているため、【夢幻《むげん》の宝物庫】の中で休ませる。

時には現実を直視しないことも大事だ。

マルスというフィルターを通してぼんやりと眺《なが》めてもいい。


「ハズキちゃん、大丈夫か？」

「しょ、正直ちょっとキツイですねっ……よくて真っ二つ、酷いのはもう原型が……今日はおとなしく野菜食べたいなって。肉も魚も食べられそうにないです」

マルスが街の外に穴を掘って、そこに死体を運び、ハズキが魔法で焼いていく。

街ごと燃やせば手っ取り早いが、世界樹まで延焼してしまう可能性を鑑《かんが》みて街の外で行うことにした。

　鼻の奥にこびりついた血生臭《ちなまぐ》さも感触もいつの間にか慣れてしまった。そんな自分が少し嫌だ。

「やっぱりあの人が神様なんてなっちゃダメですねっ。世界中がこうなるんだって、今実感できました」

　珍《めずら》しく真顔《まがお》のハズキは、口ごもることなく真面目《まじめ》に言った。

　ハズキはあまり怒らない。真顔でいることもほとんどない。

　仲間内で最も情に厚く優しい人だとマルスは思う。

　他人の不幸を自分のことのように受け止められる人物だ。

　実際、ハズキがいなかったなら、新しい仲間を受け入れるのは難しかったと断言できる。

　ハズキの温和で陽気な空気があるからこそ成立しているのだ。

　異種族という通常忌避《きひ》される存在をなんの抵抗もなく受け入れる懐《ふところ》の深さがありがたい。

　積極的にイジられにいって、新しい仲間がみんなとどう接すればいいのかを伝えてくれる。

　マルスもそんなハズキに甘えているところがあった。

　しかし、そんな温和な人間も今回静かに怒りを滾《たぎ》らせていた。

「《漆黒》は俺が殺すよ。ほかの誰かに任せたりしない」

　この世界に来て初めて特定の誰かに殺意を持った。

　直接的に口に出したのも初めてだ。

「これが終わったらハズキちゃんの宝物庫で風呂に入ろう。みんなの前でこの匂いを纏《まと》ったままじゃまずいしね」

「そうですねっ……」

一日でどうこうできる量じゃない。

いくら『身体強化』を使用しても、物理的に多すぎるし、火葬に使うハズキの魔力にも限界がある。

「こんなこと手伝わせてごめん。こんなのトラウマものだよな」

「いえいえっ！　わたしはこれが本職みたいなところありますしっ！　――それにですね、わたし、マルスさんたちのために頑張ろうって決めたんです。だからこれくらい、なんてことないですよ。もう一回お母さんとお父さんに会えて、お別れも言えました。すごい感謝してるんです」

胸にぶら下げた写真入りのロケットを握り、ハズキは半分泣きそうな顔で笑う。

七大ダンジョンの一つ、ノルン大墳《ふんぼ》墓でハズキは両親のアンデッドと遭遇した。

悲しい再会だったが、自分の手で両親をきちんと葬《ほうむ》れたのは幸運であった。

そのときにハズキの人生の目標は完了したと言ってもいい。

墓守《はかもり》の使命はハズキにとってそれほど大きなものではなかった。

あとは自分が幸せに生きるだけ。

「もしかして、それでダンジョンについてきてくれるの？」

「はい。でも、怖いだけでダンジョンは全然嫌じゃないですよ？　最終的には楽しかったっていつも思いますからっ！　終わりよければ全て良しっ！」

ハズキは、今後はマルスやリリアたちとともに生きることに決めていた。

世界樹のダンジョンを攻略し、マルスが世界を作り変えるとき、マルスはリリアとともに死ねる寿命《じゆみよう》を望むつもりだ。

マルスはその際、仲間の寿命の選択は個々人に任せるつもりだった。

別に本来の寿命のまま死ぬことを選んでもいいと言ってある。

半《なか》ば不老不死になるわけで、それは世界の理《ことわり》から抜け出る行いだからである。

ある意味で倫理《りんり》に反した行いだ。

各々《おのおの》がどう選択するのかマルスは聞いていない。

それはともあれ、ハズキはリリアたちとともに生きて死ぬことに決めていた。

人生とは結局、死ぬまでの道のりだとハズキは思う。

マルスと出会ってからなお一層、そう思う。

望む終わりに向かおうとするマルスとリリアの気持ちは理解できた。

寿命の操作の話を聞いて、ハズキは思った。

マルスとリリア、彼らの終わりに自分も立ち会いたいと。

永久《とわ》の眠りにつく彼らの手をとって、心からのありがとうを言おう。

できれば笑って、二人を安心させて。

墓守らしく二人の墓を建てよう。毎日たくさんの花を捧《ささ》げて、たくさん話そう。

彼らのことを覚えているのが自分だけになるまで続けよう。

二人の子供たちが生まれても、自分の子供たちが生まれても、その彼らが死ぬまで続けよう。

その子孫が続くなら、やっぱりまた彼らが死ぬまで続けよう。

自分は墓守だ。いつまででも墓を守り続ける。

そして、周りに誰もいなくなったら、自分の最後はマルスたちのそばで迎えよう。

ハズキの望む終わりはそんな姿をしていた。

墓守の使命から解放させてもらったが、二人のための墓守なら永劫に続いても構わない。

「頑張って世界を救いましょうね。意味もなく人が死ぬような世界にしないために」

「賛成だ」

マルスにはハズキの考えていることはわからなかった。

少しだけ意味深なハズキの表情の意味など理解できない。

「？　どうかした？」

「いえ、何もっ！　乙女《おとめ》には秘密の一つや二つあるものですよっ！　マルスさんにも秘密ですっ！」

問い詰められても口は割らない。

その時が来るまで、ハズキは自分の気持ちを秘めておく。

このわがままだけは、反対されたくないから。

# 第6話

「リリア、大丈夫か？」

　ソファに座り、心ここにあらずなリリアに声をかける。

　何か一つ巨大な衝撃があったというわけではないから余計に、リリアは頭の中が整理できていなかった。

「もう帰る場所はないのだな、と思ってしまいまして。わかってはいましたが、いざ目にすると少々動揺してしまいました」

　表情を曇《くも》らせつつも口元だけでリリアは笑う。

「世界を作り変えるとき、この場所をまた森にしよう。それくらいできるはず」

　リリアは失った家族を求めているのだろう。

　わかっているがせめて場所だけでもと思った。

　神の力で蘇《よみがえ》らせられるかもしれないが、それはきっとハズキが反対する。

　リリアがマルスに家族の復活を望まないのはそのせいだ。

「海も欲しいにゃ！　シオンにゃんにも必要だけど、ネムもまた遊びたいからにゃあ」

「……塩分で森がやばそう。ま、何とかなるか！」

能天気《のうてんき》なやり取りを聞いてリリアが笑う。

毒気が抜けた。

「そうですね、先のことを考えましょうか。チョコレートの生《な》る木なんて作れないでしょうか？」

冗談です、とリリアはまた笑う。

リリアの空気が軟化したのを見て、シオンも口を挟《はさ》んでくる。

「マルス様は世界をどのように変えるおつもりですか？」

シオンが聞く。

「基本的にはそのままにしようかなって。ただ、異種族に対する差別意識はなくしたいね」

「ネムたちも普通に街を歩けるってことにゃ？」

「そう。そしてダンジョンは残すつもり。凶悪さは少し減らして、誰でもチャンスを得られるように。ちゃんと難易度もわかりやすくして、内容もある程度わかるようにしてみたり。やっぱり迷宮都市って好きなんだよな、俺は」

迷宮都市はこの世界の象徴のようなもの。

人も物も何もかもが集まる。

活気を詰め込んだ宝箱だ。

何より夢がある。どんな出自の者でも何かになれる。

自分が世界を作るならそんな希望のある世界にしたい。

「前の奴《やつ》はたぶん、俺にも何か望んでる。だから力をくれた」

一同が首を傾《かし》げた。

転生者は基本、その人物が生きている時代に一人だけ。

今はマルスと《漆黒《しっこく》》の二人がいるが、その前には一人いたはず。

その痕跡《こんせき》をマルスは持っている。

おそらくは先代の神であった者の遺物を。

「最初はさ、【夢幻《むげん》の宝物庫】の魔法は数が限られてて、誰かが使ってたものが引き継がれていくんだと思ってたんだ。でも、みんなの宝物庫には何も残されてなかった」

例《たと》えば自分が死んだとき、今【夢幻の宝物庫】に収めている私物は次に獲得した誰かの物になる。

マルスはそういうものなのだろうと考えていた。

しかしリリアたちが新しく獲得したものはそうではなかった。

「確かに。私のものもハズキたちのものも出来立ての空間のようでした」

「そう。だけど、俺のは違った。前の誰かが使ってた物がたくさんあったんだ。そしてたぶん、それは前の転生者の物だったんだと思う。不気味に思って仕舞い込んでいたんだが、この前少し見てみた。これ、見てくれ」

マルスが見せたのは一本の剣だった。

「なんか……ボロボロですねっ？」

剣は鞘《さや》も柄《つか》もボロ布で覆《おお》われていて、一見するとただのゴミ同然の品である。

「俺もそう思って仕舞ってた。気持ち悪いし。だけど見てくれ」

覆っていた布を無理矢理引っぺがす。

すると中から曇り一つない美麗《びれい》な剣が現れた。

鞘も柄も真っ白だ。

「魔法剣……ですかね」

「この剣さ、普通の剣としても使えるんだけど、どうやら刀身《とうしん》が伸ばせるっぽいんだ。正確に言えば斬撃《ざんげき》を飛ばせる……って感じ」

マルスは実演して見せる。

壁のほうへ軽く振ると、カリっと何かが壁を引っ掻《か》くような音がした。

「!?」

「範囲の検証はまだだけど、これは不意打ちに使える。この斬撃の対処は簡単ではない。《漆黒》相手でも有効なはずだ」

「わかっててもどうしようもないですもんねっ！」

物理的に刀身が伸びるわけではないから、扱いも難しくない。

マルスの攻撃範囲が増えたものと捉《とら》えることができる。

「びっくりどっきりの一撃でどかん！　にゃ？」

「上手《うま》くいけばだけどね」

殺さないように戦うのは難しい。そうしようと思ったら、まず間違いなくマルスに勝ち目はない。

だが、殺す戦いなら違う。

命を奪える一撃を先に与えればいいのだ。

戦闘ではなく暗殺。

今回の攻略——《漆黒》戦はそうした方向性で固めていくつもりだった。

「地上の魔法技術はすごいですね……！　わたくしも学びたいところです！」

「いえ、シオン。これは現在の技術のみならず、過去のそれを含めても同じ物は作れないと思います。形こそ違えど、これもある種の【禁忌《きんき》の魔本】ですよ。どの系統の魔法でもありませんから」

驚いて発したシオンの言葉をリリアが否定する。

マルスも同意する。

魔法にも技術の系統樹はあり、ある程度傾向が定まっていて、だいたいの魔法はどこから派《は》生《せい》したものなのかわかる。

例外があるとすれば【禁忌の魔本】の特別な魔法や、人魚たちの使う魔法のように他所《よそ》と関《かか》わりのない固有魔法だ。

この剣はこれ自体が魔法的存在で、やはりどこにも属していないものだった。

「前の転生者――きっと前の神は《漆黒》を選んだ。でも、俺にも何か期待してる。理由はわからないし確証もないけど、そう思うんだ」

何をさせたいかもわからないが対抗手段を残してくれた。

マルスはそう解釈する。いや、そう思いたかった。

「明日はダンジョンにゃ？」

「そのつもりだよ。あまり立ち止まっていてもね」

「じゃあちゃんとゴハン食べて寝ないといけないにゃ？　ネムは今日はあんまり食べたくないにゃ……」

一番食べるハズキでさえ、今日は食事の準備を急ごうとしない。

全員血生臭《ちなまぐさ》い空気に辟易《へきえき》していた。胃がむかむかして食欲がわかない。

「――それもそうか。じゃあ明後日《あさって》にしよう。明日は各々《おのおの》休息をとるってことで。それと、世界をどうしたいかも考えていてほしい。この冒険が終わったあと、どう生きるかも」

旅の終わりは近い。

このダンジョンを踏破《とうは》した後、続く冒険はないのだから。

「みなさんに一つ提案があります」

小さく挙手し、リリアは真剣な顔をした。

「本気で子作りしませんか？」

は？　と全員が真顔《まがお》になる。

「リリアさんまで痴女《ちじょ》にっ⁉　わたしの個性がっ⁉」

「ち、違いますよ！　──意図していたのですか⁉」

「いえ、普通にセックス大好きなだけですねっ！」

「も、もう！　話が脱線したでしょう！」

痴女と言われ顔を真っ赤にしてリリアは怒りを見せた。

「い、いきなり子作りって……！」

「──今回、ご主人様、マルスの命がどうなるのかわかりません。だからその前に子供が欲しいと思いました。《漆黒》に頭を下げてでも私は子供を守ります。そういう覚悟が欲しいのです。矜持《きょうじ》などかなぐり捨ててでも未来に繋《つな》げるために」

自分一人の命だと案外簡単に投げ捨てられる。

マルスは実感を持ってそれを知っていた。

「──わたしも賛成ですっ。避妊の魔法を使わないのもしてみたいですしっ。でも、マルスさんには何が何でも生きてもらいますっ！　お父さんもお母さんもいるほうが子供も嬉《うれ》しいですからねっ」

「赤ちゃんにゃあ……ネムも赤ちゃん作れるのかにゃ？」

「発情期なら……可能性はあると思いますよ。──実はですね、私もそろそろ発情期がやってきます。ここ最近少し兆候《ちょうこう》があって……」

リリアの顔はこれまで以上に真っ赤に染まる。

エルフも獣人《じゅうじん》のネムと同様、発情期の存在する種族だ。ちなみにシオンにもある。

リリアが普段しているのは気持ちいいからであって、本能的な疼《うず》きはあまりなかった。

エルフは寿命《じゅみょう》が長いため、生殖のサイクルも人間と比べるとかなりローペースだ。

動物における発情期はそのまま生殖に適した時期である。

これまでいくら注ぎ込んでも妊娠の気配はなかったリリアだが、その時期は妊娠できる。

「み、乱れてしまうと思いますが、引かないでくださいね？」

「リ、リリアが今まで以上に乱れるのか……そ、想像しただけで鼻血出そう」

「も、もう……そ、その際なのですが、いつものようにみんなでではなく、一対一でしませんか？　あまり見られたくないですし、集中したいですし……」

マルスから目をそらしてリリアは小声になっていく。

「二人きりで濃厚ドスケベラブラブセックスしたい……ってことですねっ⁉」

「言い方を考えなさい！」

ぱちんとハズキの頭が叩《たた》かれる。

「本当の交尾《こうび》ですか……魅力的ですね」

「……シオンも根本的なところで痴女ですよね」

ほんわかしつつもシオンは下ネタには乗ってくる。リリアは自分を棚上《たなあ》げして少し引いていた。

「普通みんな好きなんじゃにゃいかにゃあ。隠してるだけにゃ」

「それはそうだと思いますが……やはりお淑《しと》やかさも必要だと思うのですよね」

リリアはいまだ割り切れていなかった。

「……」

マルスは黙ってそのやり取りを聞いていた。

子供ができるようなことをしていても、実際に子供が生まれると考えると、覚悟が決まっていなかったと気づいた。

「みんな、これが終わったら結婚しよう。この世界では届出《とどけで》したりは一部でしかやってないけど……ちゃんと結婚式してさ」

「ドレスたくさん作らなきゃっ……！　いくつか良さげなのがあるのでみんな選んでくださいねっ！」

ハズキが嬉しそうにいくつかのデザイン案を見せる。

暇《ひま》なときにスケッチブックに書いていたものだった。

「わたくしもその時までには足を生《は》やせるよう回復に励《はげ》みます！」

少し気合いを入れてシオンがガッツポーズをする。

これ以上ないほど休むのが彼女の目下の仕事だ。

「子供の名前何にしようかにゃあ……好きなものの名前がいいかにゃ。サカナ……アイスもいいかにゃ」

「好きなものの名前はいいけど、人の名前にはダメですよっ⁉」

ネムが自分の子供の名前をつけるときは意見しよう。マルスは強く思う。

「軽く食べて寝ようか。今日はみんなそんな気分でもないでしょ？」

「お腹《なか》は減ってるけど食べたくない感じにゃ」

「わたくしも……」

食欲の前に先の凄惨《せいさん》な光景が思い浮かぶ。

大量の人間が死んでいるのを目《ま》の当たりにして食欲がわくような人物はこの中にはいない。

性欲も同様だ。

こういう日はさっさと寝るに限る。

「今日は早く寝て、明日は装備の最終チェックして、各々好きに過ごそう。今回のダンジョンはこれまでみたいな迷宮じゃない。ずっとボスが続く。覚悟しておいてくれ。毎度毎度全力だ」

「考えようによっては楽でもありますね。物陰《ものかげ》の小型の魔物のほうが案外ひやりとした気分になることも多いですし」

「わたしの魔法で一撃突破していけたら楽なんですけどねっ……」

ハズキの大火力が通用するなら話が早い。

しかしボスクラスだとただの力押しでは難しいとこれまでの経験でわかっている。

「今回、俺の持《お》ってる【禁忌の魔本】をいっぱい使おうと思ってる。みんなも好きなのを使ってくれ。出し惜しみする理由はもうない」

「強い魔法が必要になるのは今回が最後でしょうしね」

最後という言葉に全員が黙る。

勝っても負けても冒険は終わり。

これからも、それからも、考えなければならない。

でもやっぱり、冒険の終わりは少しだけ寂《さび》しいのだ。

「そうにゃ！　ネムたちが遊べるダンジョン作るにゃ！」

「あ、それいいかもですねっ！　ダンジョン行かないとどんどん太るような気がしますしっ！」

──ダンジョン作りか。なんか前世のスポーツジムのような感じのものに聞こえるけど、いいかも。

実質的にはアスレチック施設になるだろう。

自分の発想にないものが仲間たちから出てくる。

不老不死に近くなっても案外飽《あ》きなく過ごせそうだなとマルスは微笑《ほほえ》んだ。

# 第7話

「にゃあ……にゃ……」

「ネム、先ほどから少しうるさいですよ」

夜中、全員でベッドに入る。

しばらくするとネムがうなされているような声を出し始めた。

喉《のど》をゴロゴロ鳴らして、隣のシオンに抱きついていた。

布団《ふとん》を被《かぶ》らないで寝るネムは基本的には端にいる。

「顔、赤くない？　もしかして熱があるんじゃないか？」

マルスは起き上がってネムの様子を窺《うかが》う。

ネムは半分眠っているようだったが、うっすら目が開いていて、顔は赤く息は荒い。

風邪をひいたのか、もしくは別の病気か、少なくとも平常の状態ではなかった。

「ち、治癒《ちゆ》しますかっ⁉」

起き上がったハズキが、ネグリジェ姿のまま走って自分の部屋まで杖《つえ》を取りに行く。

「あ、熱いにゃ……！　身体《からだ》変にゃ！　胸の中がぎゅうってするにゃ……！　お腹《なか》もお尻《しり》もムズムズにゃ！　死ぬのかにゃ⁉」

心臓のあたりを押さえて、ネムは身体全体をバタバタと落ち着きなく動かし続ける。

明らかに異常事態だ。

「――ネム、今までに同様のことがありましたか？」

「な、ないにゃ……あったら死んでると思うにゃ！」

うにゃうにゃ言いながらネムはベッドの上を転がり回る。

リリアはその様子をじっと観察していた。

「マルス、ネムのお腹をさすってあげてください」

「あ、ああ」

食あたりや突発的な腹痛と診断したのだろうか。

マルス自身どうすればいいのかわからず、リリアの指示に従いネムの腹を撫《な》でることにした。

ネムの下腹部は他の部位よりも少しふっくらしていて柔らかい。

最初こそ欠食児童のようだったが今はだいぶ女性的な体つきになった。

「ふにゃあっ⁉」

腹を震源地に、ネムの足や頭に震えが波及する。

腰が浮き、足がピンと伸びる。伸ばされた足先は小刻《こきざ》みに揺れ動く。

どう見てもそれは絶頂のそれで、ネムの股間《こかん》はおしっこを漏《も》らしたようにびしゃびしゃになった。

「完全に発情期ですね……獣人《じゅうじん》はこんな突発的に来るのですか」

「にゃああ……」

空虚《くうきょ》な目つきでネムは天井を見つめていた。

絶頂の余韻《よいん》が続いているのだろう。

「はぁ、ネムが一番乗りですか。仕方ありませんね。各々《おのおの》の部屋に戻りましょう」

熱くなったネムのおでこを触り、びくんと全身で反応するネムを見たリリアはため息を吐いた。

子作りしようと自分で言い出した手前、発情期が来てしまったネムが最優先だとリリアは納得せざるを得ない。

ネムの全身はすさまじく敏感になっていた。

獣人の発情期は動物と同じく強烈だ。

これまでは気持ちいいということに気づいた程度の発情だったが、今回のは完全に成熟しきった身体の発情期である。

その期間中は事を終えるまで頭の中が交尾《こうび》でいっぱいになってしまう。

ネムは人間の血のほうが濃いのでまだマシだが、それでも意志で身体をどうこうできないくらい性感が高まっていた。

「ネム先輩、苦しそうです……」

「でもでも、これってすっごい交尾したいにゃっ！　ってことなんですよねっ？」

シオンとハズキが戸惑《とまど》いつつもネムのほっぺたをつんつん触る。

「言い方はあれですがその通りです。正確に言えば子供を産みたくなった、が正しいですが」

「はぇー……生命の神秘ですねぇっ……」

妙な納得をしたハズキを追い出すようにしてリリアとシオンも部屋を出る。

残されたのはマルスとネムだけになった。

「にゃううう……」

土下座《どげざ》するような体勢でネムは枕に顔を埋めていた。

尻は左右に小刻みに震えていて、非常に煽情《せんじょう》的な動きだった。

性衝動に身体が支配されたことなどないのだろう。

興奮《こうふん》状態で毛が逆立ったしっぽは真上にピンと伸びている。

「身体変にゃ……病気にゃ、死にたくないにゃあ！」

「大丈夫、死なないよ!?」

ネムだけは事態を理解していないようで、身体の異変に怯《おび》えていた。

自慰《じい》もしないし、ネムは性に対する意識がほかの面々より少し遅れ気味だ。

「ムズムズして死ぬにゃあ！」

「交尾すれば治るから！」

ちっともエロい空気にはならず、看病にあたっているような空気が少し流れる。

Tシャツにパンツ一枚が寝間着《ねまき》のネムがその白いパンツを突き出しているのだから、多少は淫靡《いんび》さがあっていいはずなのに、怯えているネムを性の対象として見ることは相当難しい。

やはり普段が子供っぽいからだ。

——どうすれば。

迷ったマルスはとりあえず尻に触れてみる。

もちろん力は入れず、撫でる程度の力で。

「ふにゃ⁉」

素《す》っ頓狂《とんきよう》な声を上げ、ネムは尻に触られた衝撃が波及したとでも言わんばかりに全身を小刻みに揺り動かす。

エビぞりになった口元からはヨダレが垂《た》れ、ビブラートがかかったような震え声が漏れ出る。

直後、黒い染《し》みができていた白いパンツを突き抜けてトロトロと愛液が流れ落ちる。

ネム自身驚いていたが、ネムは尻を触られただけで絶頂したのだ。

「ネムの身体壊れたにゃ……⁉」

枕から顔を上げ、泣きそうな顔でネムが縋《すが》りついてくる。

単なる発情期だと一蹴《いっしゅう》してもいいような気もしたが、ネム自身はかなり不安なのだろう。

今一番にすることは問題の解決よりも不安の解消だ。

そう思ったマルスはネムを抱き寄せて、膝《ひざ》の上に仰向《あおむ》けに頭を乗せてやる。

そして落ち着くまでずっと頭を撫で続けることにした。

ネムは不安げに涙を浮かべて疼《うず》く腹をさすっていた。

基本的にネムは甘えん坊だ。

一人でいることはほぼなく、いつも誰かにくっついている。

絵を描いたりして遊んでいる時も、必ず誰かが見える場所にいる。

あまり口にしないいし、そもそも本人が自覚しているのかわからないが、寂《さび》しいのだ。

生まれたときから奴隷《どれい》として育ち、人間に差別され、マルスたちに出会うまでは動物だけを友達にしていた、ネムの人生は孤独だ。

物言わぬ動物に普通に話しかけている姿はそれだけ見れば可愛《かわい》らしいものだが、人生の中でずっとそれを続けてきたのだと思うと悲しくなる。

仲間内では一番マルスに様々な役割を欲している。

夫であり友達であり父親だ。

この瞬間の役割は父親。

安心させ、頼れる存在になること。

「ネムちゃんは大人になったんだよ。怖いことじゃない」

「背も伸びるにゃ……？」

「たぶんね」

——大人になったのなら成長は終わりな気もする。

でもそんなことは言う必要もない。

「ネムもみんなと同じく大人になったのかにゃ……不思議にゃ。昨日と何も変わった気がしないにゃ」

「ま、まぁそんなもんだよ。いつの間にかなってるもんさ」

大人と子供の境目はどこにあるのだろう。

ネムの感想にマルスも少し考えた。

難しい問題だ。自分が大人だと言い切れる自信はない。

「もっかいお腹撫でてにゃ」

声は出さず頷《うなず》いて、ネムが晒《さら》した腹に手を伸ばす。

ふにふにと柔らかい腹は腹筋《ふっきん》を感じさせない。

ネムは全身のバネを利用して素早く動く。

重い筋肉の鎧《よろい》はむしろ邪魔なのだ。

「にゃむ……やっぱり変な感じにゃ」

赤らめた顔には珍《めずら》しく羞恥《しゅうち》の色があり、マルスが指を動かすたびに反射的に身体を震わせていた。

幼顔《おさながお》に浮かぶ恥《は》じらいの表情なのに、こんな状況だから淫《みだ》らに見えた。

ネムとはすでに性的な関係があるのだから当然だ。

それにそもそもネムは美少女だ。

この容姿なら差別されるどころかアドバンテージになる。現代日本ならば顔だけで裕福に生きていけるだろう。

これからは恋人の時間が始まる。

「今日は子供作る交尾するにゃ？」

「一応はそういうことになってるけど……ちょっと怖いよね」

「みんなで育てるし大丈夫にゃ！　ネムだけなら怖いけどにゃ？」

「確かにみんな手伝ってくれると思う。変な家族だけど」

マルスは苦笑する。自分の不甲斐《ふがい》なさなども含めての笑いだ。

一夫多妻制はこの世界ではそんなに珍しい家族形態ではないが、マルスのような小市民にはやはり少々荷が重いのも事実だった。

とはいえ実質的な立ち位置はリリアが強いので、いざ全員と結婚し子供ができても、マルスよりリリアが主導で子育ての体制ができるはずだ。

ネムが産もうとハズキが産もうと、事実上、全員の子供になるだろう。

「何も心配ないにゃあ……」

仰向けから半回転し、ネムはマルスに抱きついてくる。

普段と変わらない受け答えをしているように見えていたネムだが、目が合ったときにいつものネムではないとマルスは悟る。

その眼《め》の潤《うる》みは色気を湛《たた》えていて、目の前のネムがメスになってしまっていることを明確に示していた。そういう意味では立派《りっぱ》な大人だ。

小さな身体はびっくりするほど熱く火照《ほて》っていて、髪やしっぽの毛は熱気でふんわりと膨《ふく》らむ。

「だから、交尾するにゃ？」

マルスの身体を這《は》い上がってきたネムは彼を押し倒し、耳元で囁《ささや》き、かぷりと耳を軽く嚙《か》む。

完全にマルスにのしかかっていた。

長い八重歯《やえば》が耳朶《みみたぶ》に引っかかり、背筋《せすじ》がぞくぞくしてくる。

ネムの身体の柔らかさや熱がこの先にあるセックスを連想させた。

ネムがこのように攻めてきたのは初めてだ。

リリアがマルスを誘うのを真似《まね》したようだった。

無邪気さは多少感じられても、マルスのスイッチを入れるには十分以上の効果があった。

マルスは答えず、ネムのしっぽを根元から摑《つか》み、力は入れずに手を先端まで滑らせていく。

ネムのしっぽは敏感だ。

ある時は風を読む器官であり、またある時は性感帯。

今回は完全に性感帯としての機能を果たしていた。

安心しきってマルスに身体を委《ゆだ》ねてくるネムが可愛くて、頭を撫でて抱きしめる。

誰かのぬくもりや重さがあるとき、マルスは自分は生きているのだと強く感じた。

強いのは性欲ではなく、そういった動物的な感性の部分なのかもしれない。

一人で死んでしまった男が、今度は違うのだと実感するために。

ネムはマルスの身体に股間を押しつけて、くいくいと腰を前後する。

もう辛抱《しんぼう》できないといった動きだった。

ここまで劣情にまみれたネムは本当に珍しく、マルスの身体も反応して、一物《いちもつ》は射精しないと収まらない硬《かた》さになってしまう。

両手で揉《も》んだネムの尻は小さく柔らかい。

劣情を向けることに罪悪感を覚えるほどだ。

しかしもう止まらない。

はぁはぁと荒い息を吐きながら二人は躊躇《ちゆうちよ》なく服を脱ぎ捨てる。

ネムはマルスの上にまたがったまま、ちっとも移動する気配を見せない。

明かりで照らされたネムの白い肌《はだ》はきめ細やかで、未成熟であるがゆえに完璧《かんぺき》だった。

白いパンツの股間部分はぐっしょり濡《ぬ》れて黒く変色しており、発情具合が一目でわかる。

濡れているせいでパンツを穿《は》いていてもいなくてもあまり変わらない。

毛深いはずの獣人の血を引きながら、一本の陰毛《いんもう》さえ生《は》えておらず陰部の形が丸わかりだった。

薄《うつす》らピンク色をしているのが、白いパンツ越しに透けて見えるのでなおさら淫靡である。

マルスの顔に向かってゆっくり倒れ込んでくるネムとキスをする。

リリア以外とはあまりしないキスだが、今日は違い、ネムの八重歯を舐《な》め舌を絡《から》める。

鼻息の荒さがネムの興奮をこれ以上ないほど的確にマルスに伝えた。

「もっと触ってほしいにゃ……♡」

か細い甘え声にマルスの心が震える。

興味本位のところが強かったネムが全身でマルスとの子作りを望んでいるのだと思うと感動すらした。

馬乗りになっているネムの胸を揉み、身体を起こして勃《た》っている乳首に吸いつく。

びくびくと、それだけで絶頂してしまうほどネムは敏感になっていた。

絶頂に合わせて吹き出す愛液にマルスの我慢《がまん》も限界だ。

今日のネムには明確にメスの色香《いろか》がある。

据《す》え膳《ぜん》食わぬは男の恥《はじ》というが、まさにそんな状況だ。

硬い隆起《りゅうき》をネムの体内に押し込んで、思う存分擦《ぞんぶんこす》りつけて、本能の赴《おもむ》くままに自分の種《たね》をまき散らしたい。

ネムをベッドに優しく押し倒し、唯一《ゆいいつ》残ったパンツを半《なか》ば強引に脱がせ、マルスは剝《む》き出しの股間同士を密着させる。

ネムが発情期ならマルスは年中発情期だ。

男として生まれてしまったなら、精力が枯れ果てようとも性欲そのものは消えない。

性欲も精力も最も強い年代のマルスは、元の年齢など関係なく、その衝動に抗《あらが》えない。

ネムの割れ目にガチガチの一物を押し当て、腰を突き上げ、ネムの身体を突き破るように亀《き》頭《とう》の先端を挿《さ》し入れた。

普段なら十分ほぐしてやらないと挿入《そうにゅう》できないが、今日のネムは入り口がふやけていてすんなりと受け入れる。

「にゃっ♡　い、いつもよりきもちぃにゃ……♡」

最初はいつも苦しそうにするのに、今日のネムは挿入しただけで軽く絶頂していた。

蕩《とろ》けた口からはヨダレが垂れる。

「いつもよりすごい濡れてる……」

結合部からぐちゅぐちゅと音がし、ネムの尻からしっぽを伝い愛液がベッドに流れ落ちる。

ネムの狭い膣《ちつ》にマルスのモノは大きすぎて溢《あふ》れてしまったのだ。

動きの自由度は低く、入り口から膣奥まで一直線だ。

しかし潤滑《じゅんかつ》性が高く、キツイながらもすんなりと動けた。

ざらざらした膣がマルスをしゃぶるように絡みつき、こらえがたい刺激を与えてくれる。

「にゃっ！♡　にゃああっ！♡　ずっとビリビリにゃっ！♡　頭真っ白になるにゃあ！♡」

マルスの首に両腕を巻きつかせ、ネムは快楽に身を悶《もだ》えさせていた。

次第《しだい》に自分から気持ちいい場所を探り、へこへこと腰を動かし始める。

顔つきも快感に没頭《ぼっとう》したぼーっとしたものになっていく。

本気の交尾態勢に入ったのが一目でわかる没頭具合だ。

ろくに声を出すこともできず、かろうじて呼吸を保ち、ネムは意識を交尾にだけ向けていた。

マルスも湧《わ》き上がってくる射精感に促《うなが》されて腰の動きを速める。

今は生殖の悦《よろこ》びに耽《ふけ》り、ひたすら気持ちよく射精を繰り返したい。

小さな身体を蹂躙《じゅうりん》するようにマルスは腰を振った。

子作りだとかそんなことは考えず、身体に溜《た》まる欲望をただ目の前のメスに塗り込むために。

荒い吐息《といき》と、体内に押し込まれる衝撃で発するネムの喘《あえ》ぎ、肉のぶつかる音が部屋に響く。

「で、出る！」

「だ、出してにゃ！♡　お腹いっぱいにゃ！♡」

びゅる！　びゅるるるる！

入るところまで突き入れて、尿道《にょうどう》いっぱいに詰まっていた精液をネムの体内に解き放つ。

内側から押し出されるように飛び出した精液はいつまでも止まらず噴出し続けた。

「お腹あったかいにゃ……♡　びゅるびゅるされるとすっごいきもちぃにゃ……♡」

びくびく震え、ネムはマルスの射精を受け止めて絶頂する。

熱く蕩けた性器同士が本当に溶けて融合してしまったように密着していた。

本来なら少しはある隙間《すきま》もマルスの精液で埋められていた。

「すっげぇ出た……」

射精がおさまり、強張《こわば》った身体から力が抜け、肺の中の空気が一気に出る。

「もう一回にゃ！♡」

「ちょ、ちょっと待って！」

挿入したまま、ネムは上体を起こす。

そして対面座位の状態になった。

いつもの無邪気さがあった。

「もう一回にゃ！♡」

抱きついてキスをして、今度は悪戯《いたずら》っぽい顔でネムは笑う。

膣内がうねり締め上げてくる。

あと一度ではとても終わらなさそうだとマルスは気合いを入れた。

# 第8話

「身体《からだ》がすっきりしてるにゃ！」

早朝、昨日何度もセックスしたネムは発情期が終わったため、妙に元気だった。

浮《う》ついた気分で身体も元気だ。

寝起きに二人きりのベッドでべたべたマルスにくっついてご満悦である。

反対にマルスは絞《しぼ》られすぎてベッドから起き上がるのが少し億劫《おっくう》だ。

「お風呂入ってご飯食べようか。腹がぺこぺこだ」

裸《はだか》のネムを抱きかかえ、怠《だる》い身体を無理矢理起こす。

ネムは遠慮なく首に巻きついて抱っこされていた。

「昨夜はお楽しみでしたね」

「既視感《きしかん》のあるセリフ……！　お、おはよう、リリア。早いな」

リビングに向かうと、早起きのリリアがソファで一人本を読んでいた。

「おはにゃー！」

「すっきりしましたか？　お風呂は用意してありますよ」

「身体が軽いにゃ！　朝お風呂に入ると気持ちいいから嬉《うれ》しいにゃ！」

潑剌《はつらつ》としたネムをリリアは少しジトっとした目で見ていた。

「風呂ありがとう。ちょうど入りたかったんだ……そ、その、あとで色々説明する」

「……別にいいですけれど。どんなことになっていたのかはわかりますし」

自分で発案した子作りにネムの発情期が被《かぶ》ったから仕方ないとわかっていても、最初は自分としてほしかったとリリアは思う。

子作り願望が一番強いのはリリアだ。

リリアの憂鬱《ゆううつ》な思いを理解していないネムは明るい。

「ネムちゃん、先に風呂場に行っててくれ」

「わかったにゃ」

ととと、とネムは駆けていく。

マルスとリリアの二人きりになったが、沈黙が場を支配していた。

先に口を開いたのはリリアだ。

「……別に怒っていませんよ？」

「う、うん」

――怒ってるよな？

「本当に怒っていません」

「わ、わかった」

二度も念押しされると余計に怒っているように感じる。

何しろ顔がなんだか暗いのだ。

「――私、発情期が来るまでもうマルスとはえっちしませんから」

「やっぱり怒ってるじゃないか⁉」

ツンとした態度からマルスは怒りを確信する。

「だ、だから違いますよ！　か、身体を高めておきたいのです！　我慢《がまん》して！」

「禁欲状態でしたい、ってことか……？」

「は、はい……子作りはそうしろと昔聞いたことがありますから」

「そ、そういうことね」

――ああ、怒ってるんじゃなくてムラムラしているのか。

よくよく見ればリリアの顔は行為前のそれに近い。

「……早く発情期が来てほしいな」

「も、もう！　で、ですが私も同意見です。一日や二日くらいならまだしも、何日続くかわからない禁欲生活は少々気が滅入《めい》りますし……」

禁欲と言うことは欲があるということ。

それに気づいてマルスはニヤけそうになる。

「今日は各々《おのおの》好きに過ごしてくれ。いつもながら、ダンジョンに入る以上いつ死ぬかわからない。心残りがないように」

朝食を囲みながら、できる限り真面目《まじめ》な空気を作ってマルスは覚悟を促《うなが》した。

「はーいっ！　まぁわたしは今日もマルスさんと埋葬ですけどっ」

「ありがとう。一人じゃ骨が折れるからホントに助かる」

《漆黒》が殺した者たちの埋葬がまだ残っている。

さすがに強制はできないので、自発的に手伝ってくれるハズキと二人で行う。

「わたくしは読みかけの本を読みたいなと。地上の物をたくさん見ることがわたくしの一番の楽しみです！」

シオンはインドアで楽しめることにするようだった。

「ネムは寿命《じゅみょう》をどうするか考えるかにゃあ。そして寝るにゃ。眠いのにゃあ」

ネムはサラダに入っているパスタだけをちゅるちゅる一本ずつ食べる。

野菜は綺麗《きれい》にどけていた。

「だいたいの方針は決めているのですか？」

「みんなと一緒にいようと思ってるにゃ。ほかにしたいこともないし、ネムの家族はみんなしかいないからにゃあ。仲間外れになるのはイヤにゃ」

ネムの答えにリリアは微笑《ほほえ》む。

孤児のネムに行く場所はない。

親がどこかにいるのかもしれないが、調べて会おうとも思っていなかった。

たとえしたいことがあっても、みんなと別れる必要はない。

だからマルスたちと同じようにリリアと死ぬ未来を選ぶつもりだった。

昨日まではあやふやだったが、マルスとの子供が生まれるかもと思うと答えは簡単に定まった。

「わたくしも皆さんと同じ寿命にします。わたくしはまだ生まれたてのようなもの。人生はまだまだこれからですので」

現状シオンは不死の存在だ。

彼女の目的は人生のやり直し。終わりを考えるよりも、その過程を重視する。

だからすぐ死ぬつもりは毛頭ない。

「ハズキちゃんは？」

「わたしも長生きしますよっ！　今のままの寿命で死にたいとも思いませんしねっ！　死霊術みたいに生き返らせるのはダメですけどっ」

「じゃあ全員長生きするわけだ。――これからもよろしくね」

全員が頷《うなず》いて返事する。

任せるとは言ったものの、こうなる気がしていた。

単純に全員早く死にたい理由がないというのが、理性的に考えた理由。

もう一つは、今の生活は幸せなものだからという感情的な理由。

刺激に溢《あふ》れ、不足するものもない。

食料も寝床も娯楽品《ごらく》も何もかも手に入る。

慣れはすれどもその幸福を不満に思うほどの暇《ひま》はない。

マルスが行う寿命操作は完全なる不死ではなく、自由意思の下《もと》での長生きである。

死のうと思えばいつでも死ねる。デメリットはないに等しい。

老化もコントロールできるようにするつもりだ。

世界の理《ことわり》からの脱出である。

「みんなでこの場所に新しく国を興《おこ》すのはどうでしょう？　国というより集落でしょうか。ルチル率《ひき》いるドワーフたちがエルフを集めてくれているはず。私は一族も救いたい」

「賛成。それくらいの金はあるし、正直、神の力とやらが本当なら余裕だろうしね。一応差別意識自体も消したいと思ってるけど」

「それでも奴隷《どれい》にされている同族はきっと多いですから……救い出したいです」

「奴隷魔術をこの世界から抹消《まっしょう》すれば……」

作り変えるその瞬間まで何ができるかわからないが、それくらいならできる気がする。

「あっ！　死霊術ももしかして消せたりっ⁉　だったらお願いしたいですっ！」

「もちろん。でもまぁ、先に世界樹のダンジョンだ。そして《漆黒《しっこく》》。未来はその先だ」

自分たちの未来のために戦おう。

皆が決意を新たにする。

新しい【禁忌《きんき》の魔本】、そして前の転生者が残したのであろう剣の実力を確かめるため、マルスは外に出ていた。

ついてきたのはリリアだけ。

すでに死体は片づけて痕跡《こんせき》も洗い流し、あらかた焼いてしまったが、やはりリリアの知る景色とは異なっていて、そこに名状しがたい悲しみを覚えるようだった。

少し暗い表情をしていたが、リリアは自分の心について言葉にはしない。

この冒険が終われば何もかもうまくいく。

希望が先にあるから不満は口にしない。

「気づけば遠くまで来ましたね。私にとっては始まりの場所ではありますが、戻ってこられるとは思ってもいませんでした」

「ああ。本当に遠くまで来た。リリアがいてくれたからだ。俺一人だったら、きっとどこかのダンジョンで死んでたよ。前と同じように、一人きりで」

「私もですよ。ハズキもネムも、シオンもそうでしょう。私たちはずっと一人で寂《さび》しかった。誰よりそれを痛感しているマルスだから、私たちは惹《ひ》かれたのです」

剣を振るっていたマルスに、切り株に座り込んだリリアが言う。

「初めて会った時、不思議な目をした人だと思いました。今にも泣きそうな顔でしたから。言葉も態度も明るいのに、目の奥に絶望が見えました。だから、私は買われることにしたのです。それまでは買いたいという人間が来ても攻撃的に振る舞って嫌われるようにしていたのですよ？」

「初見で見抜かれてた……ってわけか。俺はリリアに一目惚《ぼ》れしたんだけど、同時に、この子は俺のことなんか好きになってくれないんだろうなって思ってた。親でさえ、俺を育てようとは思わなかったくらいだからね。でも、どうしても一緒にいたくてさ。奴隷紋《もん》なんて卑怯《ひきょう》な繋《つな》ぎ方をしてしまった」

マルスとリリアの付き合いは、マルスの罪悪感から始まったと言ってもいい。

だからリリアに物を買い与え甲斐甲斐《かいがい》しく世話をしていた。

少しでも、その罪悪感が紛《まぎ》れるように。

リリアを買ってから必死にアプローチしていたマルスだが、リリアからすれば拒否できない力関係の上での行動に思えていたはずだ。

奴隷と主人の関係で迫るのは卑怯だ。

リリアが拒否すればマルスの扱いは悪くなっていく。

嫌ならばマルスに応じるしかない。

リリアは当然そのように考えるだろう。

そんな不当な繋がりにマルスは罪悪感を覚えていた。

結局、転生者だと明かせなかったのは、『他人』を心から信じられない自分――行町行人《あるきまちゆきと》がいたからだ。

ポジティブに言えば他人から好かれるためにあらゆる手段を講じたと言えるが、悪く言えば他人の自由を奪った。

猜疑心《さいぎしん》がなくなるほどには他人を信じられない。

生まれた瞬間に、もしかしたらその前に両親に裏切られた者が、他人を簡単に信じられるはずがないのだ。

どうしたって、他人が自分を裏切る存在だと認識してしまう。

「確かに、私も最初は好きになどなるつもりはありませんでした。でも今は……」

自嘲《じちょう》するように軽く笑い、

「どれだけ長生きしても、自分の心一つままなりません。他人の心ならなおさら」

そう呟《つぶや》きながらリリアは立ち上がる。

「始まりが望まぬ場所からでも、望んだ場所まで歩いて行ける足をマルスにもらいました。奴隷になって初めて自由を手にした気がします。私は幸せ者ですよ」

リリアは首輪を誇らしげに鳴らす。

最初こそ隷属の証《あかし》でしかなかった首輪は、今では絆《きずな》の証だ。

世界は不平等で溢れている。

簡単なことすらままならない。

持つ者も持たざる者もそれぞれの不満を抱えている。

だが嘆《なげ》いていても始まらない。

何もかもがままならない世の中を進まなければならないのだ。

それこそが人生なのだ。

「冒険に行き、冒険に生きましょう」

リリアの笑顔にマルスは笑顔を返す。

# 第9話

「本当に樹の中なのか？」

世界樹のダンジョンに入った瞬間、マルスは驚嘆《きょうたん》した。

壁は岩で、床も岩。

苔《こけ》むした岩は緑色のほうが面積が広い。

光るキノコが色々な場所に生《は》えていて、緑色の光に包まれた洞窟《どうくつ》のようだった。

「この階層は古代のエルフたちが作ったものと聞いています。特別な儀式《ぎしき》などに使っていましたね。危険はありませんよ」

「綺麗《きれい》にゃ！　あとで絵に描かなきゃいけないにゃあ！」

「わたしもちゃんと覚えておきますっ！　わたしたちの冒険を本にしようと思ってるのでっ」

ぼんやりとした緑の光が時々点滅し、ホタルの群れでも見ているような気分になる。

「世界樹は基本的に上へ上っていく構造になっていまして、この階層は奥に階段があります。もっとも、私のみならず誰も上ったことはありませんから、知っているのはここまでですが」

これ以上はリリアの情報に期待はできない。

あらかじめ聞いていたので落胆《らくたん》はしなかった。

「シオンさん、足は大丈夫?」

「はい。歩いたり軽く走ったりする程度なら問題ないかなと」

ハズキの魔力増幅の魔法で無理矢理魔力を底上げし、シオンはかろうじて足を生やす魔法を使った。

戦闘面で言えば、活躍は難しいが観察はできる。

「後輩はネムについてこいにゃ? 前に出ちゃダメにゃ。あとハズキにゃんのそばは罠《わな》があるから気をつけるにゃ」

「だ、大丈夫ですよっ! ここに罠はないって《漆黒《しっこく》》さんが言ってたでしょっ!」

「そこは信用しちゃダメだと思うけどにゃ? あいつ性格悪いから絶対何個か残ってるにゃ」

魔物に気づかれるかもしれないが、ハズキとネムはいつものやり取りをする。

シオンはそんな二人を見て笑いをこらえていた。

「あの男はご主人様さえ来てくれればよいのです。つまり、私たちを排除することに微塵《みじん》も躊躇《ちゅうちょ》しません。あるいは復讐《ふくしゅう》心を焚《た》きつけるために積極的に殺しに来るかもしれない」

「そうか、そういう可能性もあるのか……」

マルスは心のどこかで《漆黒》を信頼していたことに気づいた。

正々堂々と向かってくるのだと思い込んでいた。

「わたくしもリリア様の意見に同意します。あの方は何か楽しんでいるようでしたから」

「盛り上げるためにわたしたちを殺しにっ……!?　こ、こわぁっ！」

「……貴方《あなた》が言うとどうも緊張感がありませんね、ハズキ」

《漆黒》は転移で突然現れるから、このダンジョンのどこにいても安全ではない。

緊張感は常《つね》にマックスだ。

罠《わな》はないが、《漆黒》の存在が罠のようなものである。しかも察知できない。

「基本はこれまで通り。前を歩くのは俺とネムちゃん」

気がかりは多くともやることはそう変わらない。

気をつけて進む。それだけ。


「よお、待ってたぜ」

二階に上がると大きなフロアに出る。

適当に整地されたフロアはまだ木の根などが見える。

そんな場所の中心に《漆黒》は片膝《かたひざ》を立てて座っていた。

「いきなりお前ってわけか?」

マルスは剣を抜いて《漆黒》に向ける。

だが《漆黒》は敵意を感じさせなかった。

「違う違う。いきなりオレじゃ肩慣らしもできねぇだろ」

立ち上がって、怠《だる》そうに首をゴキゴキ鳴らして、《漆黒》は笑う。

待ち合わせた友達に会ったようなテンションだ。

「【魔物生成】——この魔法はオレが殺してきた魔物を生み出す技《わざ》でな。ま、チートだ。最初から持ってた」

両腕を横に伸ばした《漆黒》の影が伸び、本来の形から禍々《まがまが》しい姿に変貌《へんぼう》していく。

「こいつはクロートー大神殿跡にいたボスだ。オレやお前に最も通りのいい呼び名は——天使」

湧《わ》き出てきたのは四枚の翼を持つ女型の魔物。

サイズは人間の二倍ほどあり、目はヴェールのようなもので隠されていて見えない。

細身で、手を胸の前で祈るように組んでおり、暴力的な気配はない。

ゆったりとした服装を含め、全身が白く、巨大な翼は白鳥のそれに似る。

ばさりと翼を動かすと羽が周囲に散らばった。

一見すると魔物というよりも異形《いぎょう》の聖職者だ。

《漆黒》の言うように、天使が最も通りがいい比喩《ひゆ》だった。

「肩慣らしでこれかよ……！　静かなのが逆に怖い！」

「ああ。でもこいつそんな強くねーぞ。じゃ、次の階層で待ってるわ」

すっと音もなく《漆黒》は転移して消える。

「戦闘態勢！」

マルスは叫ぶ。

皆、即座に構えた。

「マルス！　あれは明らかに魔法的な存在です！」

「わかってる！　肉弾戦は苦手そうだ！　――俺がさきがけになる！　みんなは様子見していてくれ！」

言うが早いか、マルスは走り出す。

相手がどんな攻撃をしてきても、マルスには奥の手がある。

攻撃面では分身の魔法、そして防御《ぼうぎょ》には新たな【禁忌《きんき》の魔本】から得た魔法がある。

――反応がない？

剣を構えても天使は反応しない。迎撃《げいげき》する気がないようだった。

「マルス！　絶対にその魔物と目を合わせないでください！　正体に心当たりがあります！」

「何⁉」

リリアが叫ぶ。そして仲間たちを後ろに下げる。

「それは神の先触れといわれる魔物！　それの役割は、後《のち》に来る神のため場を整えることです！　神に無礼なきよう固めるために！　名はメデューサ！」

「固める⁉」

「石化の魔眼《まがん》です！」

魔眼は数少ないモーションが全くない魔法だ。

完全に体質由来《ゆらい》、つまりは才能によるもので、その所持者は限りなく少ない。

定義の上ではハズキやシオンの持つ魔力の可視化も魔眼に分類される。

そして、石化の魔眼のように【禁忌の魔本】クラスの魔法を内包したものは魔眼の中でも頂点に位置する。

目を合わせただけで即死する魔法。

唯一《ゆいいつ》弱点があるとすれば、対象と目を合わせないといけないことだけ。

要するに弱点などないに等しい。

状況を脱するには目が合う前に殺す必要がある。

「みんな宝物庫へ逃げろ！　絶対にこっちを見るな！」

マルスは後ろを向いて声をかけた。

黒いモヤの中に全員が入っていくのを見届け、少し安心した。

「！」

瞬間、マルスの視界の端に白い何かが横切った。

この空間でそれに当たるものは——。

瞬時に目を閉じ、剣を大きく横なぎに払う。

手ごたえはない。

「くそ、あのなりで動きが速いのかよ！」

考えてみれば当たり前だ。

目を合わせるのが必勝法なのだから、当然見せに来る。

必勝法があるならそれに頼るのが普通だ。

五感の一つ、それも最も頼る視覚を奪われたマルスは皮膚《ひふ》感覚を研《と》ぎ澄《す》ます。

『身体強化』は筋力増強だけが効果ではなく、全身の神経も強化する。

だから脳の思考と同時に身体《からだ》が動くのだ。ラグは一瞬もない。

──飛んでる。俺の周りを旋回している。

風の流れで動きがわかる。速度は三百キロを超えているだろう。

旋回の幅《はば》は徐々《じょじょ》に狭《せば》まってきていて、マルスは渦《うず》の中心にいる状態だった。

──あいつが直接攻撃してこないのは、俺の攻撃力を脅威《きょうい》に感じるからだろう。

つまりあいつの魔眼以外の攻撃は俺より弱く、さらに言えば、俺の攻撃を食らえば死ぬと思っている。

だから安全策を取っている。

敵の判断から生まれる合理的な行動は時に何よりも信頼できる。

──当てさえすれば勝てるはず。

だが……どんな強い攻撃も当たらなければ何もしてないのと同じだ。

何とかして相手の正確な位置を知る必要がある。

風で判断してもすぐに居場所は変わる。元々距離がある以上、その風の出所《でどころ》さえ不確かだ。

「どうしたって一回は見なきゃいけない……！」

敵を越える超スピードで目視する。

そして視線を移動されないうちにトドメを刺す。

——一応、策はある。だが魔眼なんてものに対抗できるのか。

たった一度だけ使える魔法を【禁忌の魔本】で手に入れた。

問題は通用するかどうかという点にある。

だが悩んでいてもじわじわ殺されることになるだろう。

攻撃力が低くても相手は魔物。人間よりずっと強いことだけは確かだ。

相手が必勝法に頼っている今が勝機なのだ。

ほかのバリエーションを使われ始めれば一人では厳しくなる。

一人で対処できなければ仲間を失うリスクを負う。

覚悟を決め、マルスは目を開いた。

突如《とつじょ》視界に入るのはヴェールを取った天使の目。

たった一つの巨大な眼球がそこにあった。

目の周りはおぞましいほどたくさんの血管が浮き出ていて、眼球は真っ白で黒目がない。

目より下の顔は整っているのに、目元はホラーだった。

「ちくしょう！　あとは運だ！」

ぎょっとして身体が固まる。

しかし、それは石化の魔眼の影響ではない。

ただ一度だけ使えるオートの魔法、【魔法除去】が発動したのだ。

名前の通り、ありとあらゆる魔法を一度だけ打ち消すことができる。

「二度とこんなヒヤヒヤする賭《か》けはしないからな！」

心底《しんそこ》ほっとしながら、マルスは戦いの最中に笑みを浮かべた。

マルスの心配は、【魔法除去】が魔眼という特殊なものについても有効なのかというところにあった。

魔法なのか技術的なものなのか、一度食らってみないとどうしても判断できなかったのだ。

二つに一つで死が待ち受ける選択は、これまでしてきたありとあらゆる選択の中でも相当にリスキーなもの。

魔眼とはあくまで「見ること」で自動発動する魔法である。

そんな魔法である以上、否《いや》も応《おう》もなく発動した。

打ち消されたことにより、天使のほうが動揺して一瞬硬直する。

その隙《すき》を見逃すはずもなく、マルスは全力で天使の頭を斬《き》り刻《きざ》んだ。

一閃《せん》、二閃、数十閃と刹那《せつな》の間に斬りつける。

「使うことにしてよかった、【禁忌の魔本】……なんだ即死って、ズルすぎるだろ」

ふうう、と大きく息を吐いて、動かなくなった天使から距離を取って観察する。

一応まだ終わっていない可能性があるからだ。

これまでのボスもそう簡単には終わらなかった。

メデューサも第二形態を持っているかもしれない。

何しろクロートー神殿跡のボスなのだから。

一応を考え、マルスは自分の負傷と状態を確認する。

今回は肉体的な損傷《そんしょう》はない。

続きがあっても動くことに問題は感じなかった。

「もう動かないか……？」

《漆黒》の言う通り、あまり強くはなかった。

ただし危険度だけなら今までの敵よりも高かったと言える。

これまで即死の魔法を使うような敵はいなかった。

マルスがたまたま【禁忌の魔本】を持っていて使用していたから得られた勝利であって、あの天使が最初に挑《いど》んだ七大ダンジョンのボスだったならそこで詰んでいた。

結論は、明らかに運がよかっただけ。

どろりと天使が真っ黒に染まって消えていく。

《漆黒》の影に戻ったのだろうとマルスは直感した。

第二形態はないのだとわかって安心し、マルスは小さくため息をついて座り込む。

「【魔法除去】、もう使えないんだよな……こんなのばっかりだったらいずれ詰むぞ」

楽ではあったが死の恐怖はあった。

運が悪かったら石像になっていたかもと思うと今更《いまさら》ながら恐怖がこみ上げてくる。

「ご主人様！」

「ああ、リリア。なんとか倒したよ。【魔法除去】がなかったら今頃石像だったけどね」

駆けてきたリリアを見ると緊張が解けて笑いが自然と出る。

抱きつかれると力が抜けた。

「マルスにゃんの石像にゃ……イヤにゃ」

マルスの背中を何度か軽く叩《たた》き、石像化していないかネムは確かめていた。

「ひ、ひとまず休憩《きゅうけい》しましょうっ！　大丈夫だと思いますけど、治癒《ちゆ》もしてっ！」

「そ、そんな慌《あわ》てなくても大丈夫だよ。ケガはないからさ」

戦闘後は治癒という意識が根付いてしまっているハズキは毎度おろおろする。

「お、もう倒したのかよ。やるじゃん」

パチパチと適当な拍手《はくしゅ》をしながら《漆黒》がやってくる。

マルスはもう驚きすらしなくなった。

「お前、即死はやめろよ」

「いやいや、お前も次の見たらわかるって。最初は今の天使レベルがちょうどいいってな」

わかってねぇな！　と《漆黒》は高笑いする。

少しでも次の情報が欲しい。

マルスは明確にその意図を持って《漆黒》に接する。

「で、次はなんなんだ？」

「それは言わねぇ。ま、楽しみにしてろよ。ヒントはそうだな、レガリア大火山のボスだ」

「ヒントか？　それ」

「火のボスってだけわかれば違うだろ？」

マルスの意図に気づいているのだろう、《漆黒》は語らない。

これ以上は無駄だなとマルスは悟る。

《漆黒》も同じように感じたのか、また転移で消えてしまった。

「波よりも読めない方ですね……」

シオンがぼそっと呟《つぶや》いた。

全くもってその通りだと全員で頷《うなず》いた。

# 第10話

夕方、【夢幻《むげん》の宝物庫】の中で一同は休んでいた。

ネムはマルスにいろいろ詳《くわ》しく聞きながら、今日遭遇《そうぐう》した天使の魔物の絵を描いていた。

部屋の中央にあるソファにはリリアとシオン。

マルス、ネムは床、ハズキは落ち着きなく歩き回っている。

「魔眼《まがん》ってかっこいいですよねっ……」

「ハズキやシオンも魔力を可視化する魔眼を持っているではありませんか」

ピースサインを右目に当てて、ハズキはアイドルのようなあざといポーズをしていた。

魔眼の認識が俗《ぞく》っぽい。目力《めぢから》と同程度の認識だ。

リリアは若干呆《じゃっかんあき》れ気味にその様子を眺《なが》めて適当に話を流そうとする。

「そういうのじゃなくて……目から火が出るみたいなのが欲しいんですよっ！」

「生活に不便そうですね。私ならそんな眼《め》の人とは関《かか》わりを断ちます。見たものが燃える者とは一緒にいられませんよ」

「冷静なツッコミっ！」

昼間の天使の魔眼についてリリアとハズキが話していた。

若干中二病《ちゅうにびょう》の気《け》があるハズキは派手《はで》な魔眼に憧《あこが》れがあるらしい。

正直マルスも少し憧れるところがあるがこの流れでは言わない。

「わたくしのこの眼が魔眼だなんて知りませんでした」

「わたしも小さい頃から魔力が見えてましたし、みんなもそうなのかなぁって全然疑問に思いませんでしたっ……でもでも、地味っ！」

「特殊能力と言われても、なんだか面白《おもしろ》くありませんよね……」

ハズキもシオンも自身の体質について深く知らず、貴重だと説明されても自分たちのは地味で微妙な能力だと思っていた。

しかし魔眼は性質がどうあれ持っているだけで値千金《あたいせんきん》の才能だ。

二人は持っている者ほど案外その価値に気づかない典型《てんけい》だった。

地上でも有数の天才と伝説の存在である人魚、その当たり前は規格外だ。

「贅沢《ぜいたく》なことを……私も一つくらいそういう特殊な才能が欲しかったですよ」

「リリアさんは普通に目が良くて羨《うらや》ましいですよっ？　弓もすごくて……一気に何本も同じ場所にどうやって飛ばしてるんですかっ？」

「あれは単に技術ですよ。私は長生きですし、小さな頃から訓練を続けていましたから。才能というよりは鍛錬《たんれん》の積み重ねですね」

謙遜《けんそん》しつつも少し得意げに答えながらリリアは頬《ほお》を赤らめていた。

もちろんリリアには弓術《きゆうじゆつ》の才能がある。

エルフという弓の得意な種族であり、しかもその頂点である王族の娘なのだから。

しかしリリアの言うように、積み上げた努力の結晶が今のリリアの卓越《たくえつ》した技である。

「褒《ほ》めてもらって嬉《うれ》しいはずなのににゃあ？　素直に喜んでもいいと思うにゃ」

「それができないのがリリアのいいとこだよ。正直めっちゃ可愛《かわい》い。強がりなんだよな……」

ネムが首を傾《かし》げ、マルスが腕を組んで頷《うなず》いた。

素直じゃないのが可愛い。

そう言うとリリアは真っ赤な顔をしてうつむいた。

「リリア様は意外と子供っぽいところもあって愛らしいですよね」

「……もっとしっかりしていると思っていましたか？」

むすっとした顔でリリアが聞き返す。

プライドがあるから、子供っぽいと言われれば少し癪《しやく》に障《さわ》る。

「物知りでしっかりしていると思いますよ？　わたくしなんてこの場で一番長生きだというのに、何も知りませんもの」

みんなと一緒に過ごすようになって新たに生じたコンプレックスがシオンにはあった。

それは自分がいかに無知であるか知ってしまったこと。

人魚は本来、記録する文化を持たない人種だ。

理由は個人が凄《すさ》まじい年月を生きるから。

過剰《かじょう》な活動を抑えてさえいればほとんど不老不死に近い。

そんな人種であるため、千年前の話でも普通に口伝《くでん》できてしまうので記録に残す意味があまりない。

人間の親と子のように、自分が死んだ後、文化を次代に繋《つな》げていくという感覚そのものが薄いのだ。

だから交友関係の広さがそのまま知識の深さに繋がる。

だがシオンは他人との交流があまり得意なほうではなく、引きこもりに近い生活をしていた。

ぼっち、というのが一番実情に近い表現である。

「でもちゃんと勉強してるからいいと思うけどにゃあ。ネムだって何も知らなかったにゃ」

「わたしなんて一応ちゃんと生きてきたのに何も知りませんよっ！」

ハズキはなぜか誇らしげだった。

励《はげ》ます意図はあるのだろうが、立ち位置が微妙なので反応しにくい。

「俺も転生者なのに全然知らないよ。思考法を知ってるだけで。それならもっと効率よく学習できたはずなんだけどな。この世界は学びのハードルが高いよ」

自発的に行動し、かかる経費を支払えて初めて学習できる。

農村部では文字が読める人より読めない人の方が多いくらいである。

仲間内だとネムとシオンは文字が読めなかった。

しかし学習意欲が高かったため、すぐにある程度は読めるようになった。

前世の日本で言うと漢字はまだ十分とはいかないが、ひらがなカタカナはすぐに覚えた。

「知識があればしっかりするというものでもありませんよ」

しっかりしていると評価され、リリアは少し満足げに言う。

大切なのは知識をどう使うか。

日常生活なら知識の多寡《たか》はそれほど重要でもなかったりする。

リリアもそれはわかっている。

「ですが、もう少し知識は欲しいものですね……マルス様、二人きりで教えていただけますか？」

ちらりとシオンはマルスを見る。

おどおどしつつ薄く開かれた眼には色気があった。

行為中は激しいのだが、ハズキらと比べればシオンの誘い方は少し謙虚だ。

視線や表情での誘いであり、それはリリアの誘い方に似ていた。

「二人きりで……ってそういうことですかっ⁉　子作り宣言っ⁉」

「下世話《げせわ》なことを聞くんじゃありません」

下品なハズキの発言に、リリアが嘆《なげ》く。

シオンは華麗《かれい》にスルーして話を続けた。

「わたくし、よくよく考えてみると、マルス様と二人きりになったことがないなと思いまして」

「そんなことない……いや、確かにないかも」

まずシオンと二人きりになる理由があまりない。

大半の時間はみんなで集まって各々《おのおの》好きに過ごしている。

それにシオンはネムと一緒にいることが多いし、今は足を生《は》やす機会が少ないのでリビングから移動もしない。

となると当然二人きりになることはないのだ。

「ですので、子作りはともかく、一度二人きりで過ごしてみたいなと……夫婦なら普通は二人きりになる時間もありますよね？」

「確かに……」

マルスはシオンを娶《めと》るつもりでいるので、『夫婦なら』の言葉に弱い。

良くも悪くも責任感と多少の罪悪感が刺激されるからだ。

シオンの言葉には正当性もある。二人になったことがない夫婦などまずいないのだから。

しかしリリアの嫉妬《しっと》を買う発言でもあり、マルスは安易に返答せずリリアの様子を窺《うかが》った。

マルスを見ていたリリアと目が合う。

「大丈夫ですよ。今日はシオンの貸し切りということにしましょう。今更《いまさら》怒りもしませんし、不機嫌にもなりはしませんから、安心してください」

はいはい、と呆れた顔でリリアは何でもないかのように振る舞う。

——その発言が出る時点で少々不機嫌なのでは？

マルスはリリアが選んだ言葉からそう感じた。

怒っていたり不機嫌でない限り、この言葉のチョイスはしないだろうからだ。

最初の頃はマルスになど興味がないといった態度だったのに、今ではすっかりやきもち焼きである。

弱点や欠点といえる言動を見せてくれるようになったのは信頼が高まった証拠とマルスは受け取ることにしていた。

「なら今晩は二人で過ごしてみようか」

嬉しそうに頷くシオンを見て、ハズキはニヤニヤする。

「寝る前に新しいゲームしようにゃ？　すっごい楽しみなのにゃ」

「リリアさんと三人でお試しでやってみましょっ！　マルスさんたちの邪魔はだめですよっ！」

「にゃあ〜!?　マルスにゃんいないと面白《おもしろ》くないにゃ！　ネムは本気の勝負がしたいのにゃあ！」

ネムはみゃあみゃあ抗議の声を上げる。

新しいゲームのテストプレイがどうしてもしたいらしかった。

ハズキとシオンは勝ち負けにはこだわらず楽しむタイプで、マルスとリリアが手堅く勝ちを拾いに行くタイプである。

そしてネムは圧倒的に勝ちに向かうタイプ。

なのでマルスが参加しないとネムには少し歯ごたえがない。

ネムはゲームが好きだ。と言ってもテレビゲームの類《たぐい》はないので、ボードゲームやカードゲームなど、こちらの世界にあったものや、マルスが前世のゲームを再現したもので遊んでいる。マルスの転生発覚で彼らの日常に一番影響があったのがこうしたゲーム類かもしれない。いろいろ種類が増えた。

現代日本にいたなら、ネムはインドアでゲーム三昧《ざんまい》の日々を送っていただろう。Tシャツにパンツ一枚で引きこもっていそうだ。

「わたくしはゲームを楽しんでからで構いませんよ？」

「ならみんなでやるか！」

シオンが乗り気なので、みんなでゲームしてから彼女と二人きりになることにする。

――気まずい。

真夜中、ネムたちとゲームを遊び終え、風呂に入ってベッドに入ってからマルスはそう思った。

寝室にはマルスとシオンだけ。

二人でベッドに寝そべり、無言のまま天井を眺めていた。

共通の友人などが間にいれば話せても、そうでないときにはお互い黙ってしまう気まずさをマルスは感じていた。

仲が悪いわけではないのだが、共通の話題があまりないのだ。

「ネム先輩のゲーム、難しいようでいて始めてみるとそうでもなく面白かったですね」

「ああ。あれは俺の元いた世界でも人気のゲームだったんだ」

友達がいなかったマルス——行人《ゆきと》はやったことがないのだが、それでも知っている有名なゲームはいくつかある。

そのルールを説明し、ネムたちとともに再現したものだった。

本来は不快害虫を押しつけ合うゲームであるが、ハズキが嫌がるので可愛らしいイラストにしたゲームだ。

「シオンさんは今楽しく過ごせてる？」

——仲が良くない親子みたいな質問をしてしまった。

何を言えばいいかわからず、マルスは思いついた言葉を適当に投げかけた。

含意が広く質問としては少々ずるい、逃げ腰の質問だ。

「毎日賑《にぎ》やかで楽しいですよ？　特にネム先輩はいつも一緒にいてくれますし」

「ネムちゃんはそういう子なんだ」

シオンは新顔だ。だからネムは寂《さび》しいかもと気を遣《つか》っているのだ。

おそらく無意識だろう。打算があっての行動ではない。

ルチルの時もそうだった。ネムは少数派の肩を持つ傾向がある。

仲間のいない寂しさを誰より知っているから。

生まれてからずっと、奴隷《どれい》としてたった一人で馬小屋で過ごし、言葉の通じない動物だけを友達に、かろうじて心を保って生きてきたから。

「みんな優しいですよね」

シオンが感慨《かんがい》深そうに天井を見つめて言う。

全員が心に傷を持ち、孤独を知っている。

誰かを大切に思える者はたいてい根っこのところに深い傷があるものだ。

「こんな日がいつまでも続けばいいな。他人から見れば些細《ささい》な幸せかもしれないけど、そのために俺たちは戦ってる」

「微力ですがわたくしもお手伝いさせていただきます」

ごろんと横を向いてシオンが微笑《ほほえ》む。

マルスも向き直った。

そして同じように微笑んだものの、また少し沈黙が訪れる。

これまでの気まずさとは少し違い、気恥《きは》ずかしさが勝る空気だった。

「ああ、これがリリア様の言っていた〝流れで〟の意味なのですね……」

シオンが顔を赤らめはにかむ。

「……流れ？」

「ええ、その……性交にどう至《いた》るのかをリリア様に尋《たず》ねたことがありまして、その時に〝流れで〟と聞きました。体験すればわかるとおっしゃっていましたが……理解しました」

「リリア……」

はぁ、とマルスは自分の顔を手で隠す。

殊更《ことさら》言われるととても恥ずかしい。

一緒に寝ていて精神的な距離が近くなると合図などなく性交は始まるもの。

確かにリリアとはそういった〝流れ〟はある。

ほかのメンツとはある種の許可制が採用されているが、リリアだけは言葉なしの流れに身を任せることが多い。

「やはり一緒にいると学べることが多いですね。精神面については一人では学べません」

感心したように頷くシオンにマルスは苦笑いした。

シオンはとにかく影響を受けやすい性格だ。

新品のスポンジ同様になんでも吸い込む。

だから、汚水を吸わせるようなことがないようにせねばならない。

性の話題についてはみんなに少々釘《くぎ》を刺しておこうとマルスは誓《ちか》った。

「それで……しますか？」

「う、うん」

シオンがマルスの胸に顔を埋めて言う。

静かな、そして不思議な声色《こわいろ》だ。

全身に響き、足先から髪の先端までもが震える。

すると唐突《とうとつ》に性欲が湧《わ》き上がってくる。

――時々、シオンさんの声を聞くと頭がぼんやりしてくる。

倫理《りんり》や面倒事《めんどうごと》など色々考えていたはずなのに、その全《すべ》てが煮えたぎる性欲で塗りつぶされる。

マッチの火のように小さな火だったはずなのに突然、大火に変わった。

シオンさえ自覚していない能力がその声にはある。

人魚の声は人を惑《まど》わす。その声に誘われ海を彷徨《さまよ》い、二度と返ってこない船乗りは非常に多い。

意識していないだけで、その声は一種の魔法なのだ。

シオンの性欲が乗った声がマルスを惑わせる。

一種の催眠《さいみん》状態の中、マルスは少々乱暴にシオンを組み伏せ、その大きな胸を揉《も》みしだく。

「あっ……♡」

水が詰まったような不定形の感触を手のひらと指先で味わい、膨《ふく》らむ乳輪《にゅうりん》ごと乳首に吸いついた。

ベッドの上でもぞもぞと絡《から》み合いこらえきれなくなったマルスは、乳首に吸いついたまま焦《あせ》ったように片手で下半身を剝《む》き出しにする。

ガチガチに勃起《ぼっき》したものをねじ込みたくて、頭がおかしくなりそうだった。

チンポは腹についてしまいそうなほど上を向いて、びくびく痙攣《けいれん》しながらシオンの腹に我慢《がまん》汁《じる》を垂《た》らす。

野生動物の交尾《こうび》でももう少し紳士的だろうと思われるほど、マルスは必死にシオンの身体《からだ》にしがみつく。

下半身に脳みそを乗っ取られたような気分だ。

完全にシオンの性欲にあてられていた。

「マ、マルス様、少しお待ちを！　足を生やしますから！」

魚の下半身だとどこに挿入《そうにゅう》していいかわからない。

人間の股《また》とは違い、かなり下のほうにシオンの交接器は存在する。

今のマルスのように胸を貪《むさぼ》りながらしたいなら人魚のままではできない。

苛立《いらだ》って穴を探すマルスに、シオンは少々慌《あわ》てて足を生やす。

普段のマルスは紳士的で、性交中でも多少余裕を残している。

だが今日のマルスは何か違う。

強引なマルスに少しだけシオンはときめいた。

今までも相手をしてくれることはたくさんあったが、必死に求められた経験はない。

自分に需要《じゅよう》があるのだと感じると少し自信がつく。

足が生え、性器——外側はリリアのものだが——ができると、マルスは迷わず手を潜り込ませる。

身体をシオンの真横に持ってきて、顔はキスできるくらい近距離だ。

ぐにぐにとクリトリスごと大陰唇《だいいんしん》を撫《な》でまわし、小さな穴に中指を押し込む。

濡《ぬ》れているというより元からの滑《ぬめ》りを指先に感じ、抵抗がないこと、痛みがないことを確認する。

シオンの弱いところを探りながらほぐして広げ、挿入の準備を整えていく。

「んんっ……」

シオンの内部は少し冷たく、そして誰とも違う感触だ。

挿《い》れた指が返しのようになったヒダに扱《しご》かれ、内部に入った時を想像し、マルスはさらに欲情を滾《たぎ》らせた。

単純な刺激の強さならシオンの膣内《ちつ》が一番強い。

人魚特有の細く長く突起《とつき》のない男性器を、水中で射精させるため強く刺激する構造をしているからだ。

一度侵入すれば勃起が緩《ゆる》むまで逃がさない返しのついたヒダが、同族の滑《なめ》らかな男性器を刺激できるように凶悪な構造をしていた。

マルスのように太く硬《かた》いモノを挿入したらば、その構造から得られる快感は狂おしいほどである。

マルスは一度射精したくらいでは萎《な》えない。しかし勃起したままでは引き抜くことはできない。

何度もその刺激に晒《さら》されて射精を繰り返さないと出ていけない。

問題があるとすれば、マルスの感度だと射精が連続すること。

射精直後にまた射精感が昇りつめ、最高に敏感な状態が気絶しそうなほど長く続く。

もはや苦しいほどの快楽なのだが、一度味わえば何度でもしたくなってしまう。

「あ、マルス様、そこばかり……！」

シオンの弱い場所をマルスは執拗《しつよう》に攻める。

膣内の構造が違いすぎてほかの面々と同じように刺激することは難しいが、マルスはすでにある程度把握《はあく》しており、理性が欠けたこの状況でも的確にシオンを悦《よろこ》ばせていた。

膣内はぐちゅぐちゅと音がするくらい愛液まみれだ。

「ん、ダメ、ダメです……！　恥ずかしいですからっ……！」

大きな胸を大きな呼吸で膨らませ、シオンの身体に徐々《じょじょ》に強張《こわば》りが見えてくる。

未《いま》だ慣れない足をバタつかせるので、マルスは身体全体を使って強引に抑える。

「すごい濡れてる」

ぐちゅぐちゅの愛液まみれの手をシオンに見せつける。

白く濁《にご》った性液が指と指の間で糸を引く。

感じている証拠を見せられたシオンは顔を赤くした。

シオンに自分の身体がいやらしくできていることをわからせるように、マルスは愛撫《あいぶ》を続ける。

粘着質な愛液は空気を孕《はら》んで下品な音を立てていた。

「わ、わたくしの意志ではなく、身体が勝手に反応して……」

恥ずかしがりつつも甘い声がシオンから漏《も》れる。

その声がまたマルスの理性を途切れさせた。

挿れる指を増やし、二本で一点を集中攻撃する。

もちろん痛みがないように力は調整しているが、絶頂させるには十分以上の力だ。

そして少しずつ力を入れ始め、身体の中から持ち上げるように弱点を攻める。

挿入するのに十分なほど濡れているが、一度絶頂して痙攣の残る膣内に入りたかった。

指で攻めていると、シオンがその快感から逃れようと腰をくねらせはじめる。

しかしマルスが許すはずもなく、シオンの身体を自由に動かせないようにし、執拗に攻めた。

「ふっ、あっ……ああっ！♡」

びくん、と大きく震え、シオンはマルスの制止をものともせず腰を大きく突き上げる。

しばらく震えてからシオンはベッドに落ちた。

はぁはぁと息を荒らげ快感に震えている姿は陸に揚《あ》げられた魚のようだった。

そんな絶頂直後のシオンの足の間に入り、マルスは待ちに待った快感を得ようと股間《こかん》を馴染《なじ》ませるように擦《こす》りつけた。

ねっとりとした愛液が亀頭《きとう》に絡まり、その刺激でさらに興奮《こうふん》する。

「ま、待って、待ってください……！」

「もう我慢できないよ」

「マ、マルス様に好き放題されたら壊れてしまいますっ……！　せ、せめてわたくしに主導権を！」

シオンに懇願《こんがん》され、マルスは少々残念に思った。

高ぶった情動は目の前のメスを蹂躙《じゅうりん》したがっていた。

しかし僅《わず》かに残った理性がシオンを尊重する。

かくかくと震える膝《ひざ》を押さえながらシオンは起き上がり、マルスの上に乗った。

「い、入れますね……」

おぼつかない手つきでマルスのチンポを摑《つか》み、シオンは自分の入り口に向けてあてがう。

ごくりと喉《のど》を鳴らして緊張している様子だ。

シオンが身体の力を抜くと、一気にマルスのモノが飲み込まれた。

足の使い方がまだ未熟で、少し力を抜くという調整が上手《うま》くできなかった。

一気に全部入ってしまう。

「かっ、はっ……！」

奥の奥まで串刺《くしざ》しになり、シオンは苦しそうに身体を後ろにそらす。

体内に巨大な異物を、それも敏感な部位に突き刺されているのだから無理もなかった。

「ううぅっ⁉」

マルスはマルスで腰を突き上げる。

ガリガリガリとペニスがヒダに削《けず》られたからだ。

シオンの肉ヒダは少し硬くて、リリアのようにペニスに絡みつくのではなく、シオンの側に

合わせさせるような挿入感がある。

挿入時も刺激的だが、本番はピストンが始まってから。

返しのついたヒダがマルスの射精を拷問《ごうもん》のように強《し》いる。

もう萎えるまでシオンの膣内から出られない。

「マ、マルス様、う、動かないでっ……！」

「が、我慢できないって！」

シオンの足を両手で掴み、マルスは膣奥を擦りあげるように腰を上に突き出す。

溜《た》まった性欲を発散したくてたまらない。

挿入してセックスを始めた男が我慢などできるはずもなく強刺激の膣内を貪るように味わう。

シオンがマルスの胸に手をついたのを皮切りに、マルスはシオンの胸を持ち上げて揉みながら下半身の鋭い快感に没頭《ぼっとう》する。

ふわふわの胸の感触、ペニスがすり減ってしまいそうなほど強いヒダの快楽に完全に頭の中が支配される。

あっという間に射精感がこみ上げ、マルスはシオンを身体の上に引き倒す。

べったりと身体が密着するなか、シオンはマルスの肩を掴む。

「はぁっ、はぁっ！♡　気持ちっ、よくてっ……！♡　何も考えられませんっ！♡」

マルスと出会うまで膣の快感を知らなかったシオンは、射精寸前のマルスの強烈なピストンに悶絶《もんぜん》する。

種族が違っても、マルスの凶悪な極太《ごくぶと》は変わらず女を魅了する。

硬くて長く、血管が浮き出てゴツゴツしているせいだ。

結合部からは白濁《はくだく》した液が零《こぼ》れ落ち、ぐちゃぐちゃと少し汚い音が鳴る。

普段は物静かで落ち着いた雰囲気《ふんいき》のシオンだが、セックス自体はとても好きで、一度発情して行為が始まるとマルスが枯れ果てるまで求めてくるほどだ。

周囲のことも意識から抜けてしまい、リリアやハズキが不完全燃焼で終わってしまうため、いつもは抑え気味で行為をする。

そんな欲求不満が挿入により爆発し、シオンは大きな声で喘《あえ》ぎ快楽に浸《ひた》っていた。

シオンの尻《しり》を摑んで、マルスも激しく上下に腰を振る。

「で、出そうだ！　今日は避妊しないけど、中に出していいんだな⁉」

「はいっ！♡　熱いのをたくさん出してっ……！♡　わ、わたくしも、もうっ！♡　イ、イきますっ！♡」

二人同時にびくんと震え、お互い絶頂に至る。

びゅるるるるっ！

少しぬるいシオンの体内に、煮えたぎるほど熱い精液を注ぎ込む。

二人して呼吸を止め、脳を焼く快感に身悶《みもだ》える。

尿道をうどんのように一本に繋がった精液が通り、シオンの子宮《しきゅう》を汚していく。

これまで一度も他所《よそ》の血が混じったことがない人魚の身体に自分の遺伝子を刻《きざ》み込んでいる

のだと思うと感動すらするほど気持ちいい。
たった一回でもかなり満足度が高かった。
しかしうねる膣内は勃起が緩むことを許さない。
まだ子種《こだね》が足りないのだとシオンの身体が訴えているようだった。
今度はすぐに射精しないよう、マルスはゆっくりゆっくり腰を動かし始める。
夜はまだ長い。
ここから精力が尽き果てるまでシオンとの交尾は続く。

# 第11話

世界樹の頂《いただき》で《漆黒《しっこく》》は思い出す。
思い出す思い出がないことを思い出す。
どちらの世界にも「怒り」の記憶しかない。
彼の態度が一見朗《ほが》らかなのは常《つね》に怒っているからだ。
わざわざ態度に出す必要がないほど怒りで満ちているからだ。

彼の人生には敵しかいなかった。
目に付く者は全《すべ》て敵だった。
なぜなら、暴力だけが彼――《漆黒》を他人と繋《つな》いでいたからだ。
ありふれた悲劇だと笑う人もいるだろう。
それでも、《漆黒》の生《お》い立ちは痛みとともにあった。
実の父親は知らない。
母親は水商売をしていて、こちらもまた、《漆黒》の実の父親が誰かわからない。

いつも安い化粧品の人工的な甘い香りの漂う女で、《漆黒》はその匂《にお》いが嫌いだった。

けばけばしい見た目も嫌いだった。

出来の悪い造花のように見えた。

弱い人だったと《漆黒》は思う。

誰かの助けがないと生きていくことさえできない人だったからだ。

男に縋《すが》って日銭を稼《かせ》ぎ、その少ない稼ぎを浪費《ろうひ》し、何も得ないまま日々が終わる。

毎日少しずつ追い込まれているのが子供心にもわかった。

容姿だけで生きているのだから、歳《とし》を取れば当然、生きていくのが難しくなる。

どん詰まりに向かってゆっくり歩いていただけだ。

そんな母親が心底《しんそこ》嫌いだった。

そんな女から生まれた自分も嫌いだった。

《漆黒》は望まれない子供だった。

たまたまできて、たまたま堕《お》ろせなかったから生まれただけ。

だから幼少期から邪魔者扱いされた。母は《漆黒》に興味を示さなかった。

母親にとって、子供は負担にこそなれ、生きがいにはならなかったのだ。

母性などなく、ただの同居人として生まれ落ちた存在を蔑《さげす》み続けた。

彼が生きてこれたのは、母親が見ず知らずの他人に怒られるのを嫌い、外見上は親らしい振る舞いをしていたからである。

決して子供への愛情からの行《おこな》いではなく、自己保身のための行動だ。と言っても一般的な育児と言えるほどのレベルには達しておらず、小さな子供が、捕まえてきた虫カゴの虫に気まぐれにエサをやるようなものと大差なかった。

汚らしい、人がほとんど寄りつかない茶色と灰色《はいいろ》に覆《おお》われた地域の生まれだった。舗装《ほそう》されている場所があまりなく、家の前も近所も砂利《じゃり》ばかり。長屋のように並んだアパートは全てボロボロで、金属部分は錆《さ》びて大方《おおかた》赤茶色になっていた。

他人と比較することを覚えた年齢には、自分が底辺の生まれなのだとわかった。

ゴミがそこら中に散らばり、昼間から酔いつぶれて路上で寝ている浮浪者も珍《めずら》しくない場所だった。

犯罪も多く、その地域に住んでいる者で後ろめたい事情を持たない者のほうが少ないくらい荒れていた。

この世の吹き溜《だ》まり。誰かがそう言っているのを聞いて、確かにそうだなと思ったのを覚えている。

ゴミが自然と集まってくる場所だったからだ。ゴミは物であり人だった。共通しているのは、誰からも必要とされていない点だ。

それだけならばまだどこにでもある不運と言えたかもしれない。

貧乏《びんぼう》で底辺で、その日暮らしで未来が見えないだけだから。

彼の最大の不幸は孤独だったこと。

情緒を育《はぐく》む時間を与えられず、怒りと憎《にく》しみだけを育ててしまったこと。

友達など一人も作らなかった。

成長した彼の周りにいたのは彼の暴力を利用する者たちだけ。

誰一人彼に優しさを教えず、暴力の恐怖とそれに伴《ともな》う怒りだけを教えた。

しょっちゅう入れ替わって母に会いに家に来る男たちは皆、子供を見ると鬱陶《うっとう》しそうにするか、暴力を振るう。

他人が彼に干渉《かんしょう》するときは暴力——精神的なものも含め——しかなかった。

彼はずっと虐待《ぎゃくたい》とネグレクトを受けていた。

義務教育である学校にもほとんど行ったことがない。

義務が果たされないくらい、彼は底辺にいた。

何度かは行ったがすぐに揉《も》め事を起こし帰らされた。

楽しそうに話している同級生に声をかけただけで嫌がられ、母の恋人たちがするような対応に《漆黒》は怒ってしまった。

周りの子供たちと彼の育ちには大きな差があり、そのせいで共有できるものが何もなかった。

流行《はや》りの遊びは知らない。

それどころか、昨日の夕飯は何を食べたなんてくだらない話さえまともにできず、浮いてしまう。

彼が食べていたのは残飯《ざんぱん》のようなもの、一般人なら食べ物にカテゴライズしていいのか迷うようなものばかりだ。

カビの生《は》えたパンはまだごちそうの部類に入った。そんな胃の慣れが異世界で毒耐性として発現していた。

そんなだから一般人がいる場所に居場所がなかったし、支給される教科書などを除けば、鉛筆などの勉強道具もほとんど持っていなかった。

会話だって仕方がわからない。周りの人間は彼に一方的な要求と叱責《しっせき》をするだけで会話の方法を教えなかった。

惨《みじ》めな思いをしに行く場所。

学校にはそんな思いがあった。

火にくべられているような苦痛があった。

魔女裁判のように吊《つ》るし上げられ、皆に火を投げられているような気分だった。

だから毎日一人で街をうろついた。

行く場所も帰る場所もなかった。

どこへ行けばいいのか。どこへ帰ればいいのか。

友達の一人すらいない彼には行く当てなどなかった。

怪我《けが》をしていない日は一日もなく、家庭環境の悪さが知れ渡っていたこともあって、誰も手を差し伸べなかった。

あの子と関《かか》わるな――。

同級生の親も教師も彼を腫物《はれもの》扱いした。

そんな育ち方をしていれば歪《ゆが》む。

当たり前を知らないのだから、常人《じょうじん》と同じようにはなれないのだ。

本人が望んだわけじゃない。

ほかの人間が当然のように与えられる環境を手にできなかった彼は、それでも世界に関わりたかった。

人として生まれたのだから当然の欲求だ。

しかし、他人との関わり方を暴力でしか知らない。

他人が《漆黒》に何か言う時は、必ずと言っていいほど暴力が共にあったからだ。

殴り殴られて、拳《こぶし》に走る痛み、身体に走る痛みだけが彼にとって他人との繋がりだ。

街を彷徨《さまよ》っては暴力を振るい、振るわれた。

子供相手でも本気で暴力を振るう大人がその地域にはたくさんいた。

同じような人種は存外《ぞんがい》たくさんいて、それが彼を安心させた。

仲間ができたような気がした。

底辺が自分だけでないのだと納得するために、《漆黒》は修羅場《しゅらば》に赴《おもむ》いていた。

幸いにして、彼には才能があった。

他人に暴力を振るうことに何のためらいも感じないという才能が。

普通なら相手を殺すかも、自分の将来が傷つくかも、と思い留まるものだが、《漆黒》はどちらも気にしない。

傷つく将来はないのだから。

人間の強さを定義づける決定的なものは躊躇《ちゅうちょ》のなさである。

何もかもをかなぐり捨てて、その場の暴力に没頭《ぼっとう》できる才能が強さだ。

決して筋力や反射神経ではない。

殺意に身を焦《こ》がさなければ、いくら身体能力が高くても十全に力を発揮できない。

殺すことを簡単に選択肢《し》に入れられるのは、異世界に来てチートを手に入れたからではなく、最初から持ち合わせていた才能だった。

同じチート持ちであっても、使う人間次第《しだい》でいくらでも強さは変わるのだ。

痛みに慣れ強くなった分、他人の痛みも過小評価するようになったのがその才能の源泉だ。

初めて人を殺したのは十八歳の時。

母親の恋人の一人を執拗《しつよう》に殴り、殺した。

理由は母親が暴力を振るわれていたから。

外目にはそう見えたようだが、内心は違った。

自分にも母にも暴力を振るう男をただ殺したかっただけだ。

理不尽な男を理不尽な暴力で叩《たた》き潰《つぶ》したかったからだ。

暴力の天才が異世界で天災のごとき存在になったのは、この瞬間だったかもしれない。

「なんでもう死んでんだよ！　まだ殴り足りねぇのに」

男の死体を蹴《け》り飛ばし、《漆黒》は吠《ほ》えた。

殴り殺したと自覚した瞬間、湧《わ》き上がったのは更《さら》なる怒り。

まだ衝動は消えていないのに、相手が先に死んでしまったことに対して怒った。

罪悪感は微塵《みじん》もなかった。これまで殴られた回数を考えれば、むしろ物足りなくすら感じた。

助けたはずの母親は逃げた。それから一度も会っていない。

その事件が《漆黒》の運命を決定づける。

彼の中には怒りと虚無《きょむ》しかなかった。

怒りをぶつける対象を求めて街をうろついた。

相手不在の復讐《ふくしゅう》だ。何もかもが腹立たしい。

目が合う人間を殴り倒して生きていた。

相手が何人いようと躊躇なく殴りかかった。いや、むしろ複数でいる者を狙《ねら》った。

善良な人間だろうと、悪人だろうと、例外なく《漆黒》の敵である。

そんなある日、恨《うら》みを持つ連中に囲まれて、《漆黒》は高層ビルの屋上に追い詰められた。

暴力に生きる人間には、もっと上の暴力に屈する日が必ずやってくるものだ。

人は無敵ではない。一人で立ち向かうには限界がある。

逃げてはみたものの、別段逃げる理由もないではないかと漆黒はその時気づいた。

どうせ独《ひと》りで、自分が生きていることを望む人間は自分も含めて一人もいない。

自分の怒りは一生解消できない。

これからもずっと抱えたままだ。
そう思うと自分の器《うつわ》に唐突《とうとつ》に怒りが芽生《めば》えた。
暴虐《ぼうぎゃく》に限りがあることに腹が立った。
だから飛び降りた。
最後の復讐対象は自分自身だった。
最期《さいご》の瞬間に望んだのは、自分の嫌いなもの全てを破壊できる力。
全ての人間を自分と同じように何も持たない状態にしてやりたかった。
命でさえ。

そして、その真っ黒な怒りは次元を超えて再び形を得た。
今度は中途半端にはやらない。
しっかり全てに復讐する。
ただ、怒りの源泉について、《漆黒》はどうしても思い出せなかった。
本当は何が欲しかったのか。
遠い昔、どうしても欲しいものがあったはずなのに。
それが手に入らなくて、何もかも壊したくなったはずなのに——。

# 第12話

「火の魔物……リリア、何か知ってるか？」

次なる敵はレガリア大火山のボスである可能性が高い。

昼食を摂《と》りつつマルスたちはリビングに集まって作戦会議をしていた。

しかし実態は、作戦会議と言うには緩《ゆる》く、全員お菓子などを食べつつの井戸端《いどばた》会議である。

ネムに至《いた》っては床で絵を描いていた。

冒険は基本的に、一日おきに休みを取って進む。

《漆黒《しっこく》》を待たせることになるが、この際そんなことは知ったことではない。

攻略の確度を上げるほうが大事だ。

「ええと……」

リリアが頭の中の引き出しを片っ端から開けているのが見てわかる。

最も魔物に詳《くわ》しいのはリリアだ。

王族の教養として小さい頃に伝説的存在については一通り学んだのだという。

前世の世界で言うと社会科だ。

「火の魔物……火そのものでさえ最近初めて見たわたくしにはさっぱり……」

「わたしも魔物はさっぱりですねぇっ……ピザ美味《おい》しっ！　ダンジョンで冒険してなかったらすぐ太りそうっ！」

ハズキとシオンは焼き立てのピザのチーズをこれ見よがしに伸ばし口いっぱいに頬張《ほおば》る。

いつもながら緊張感はなかった。

「次はこんな魔物かにゃ！」

ネムがスケッチブックの絵をマルスに見せてくる。

やたらと写実的で、絵画として非常に上手《うま》い。

描かれているのは燃えさかる巨人のようなもの。

「これネムちゃんが考えたの？」

「焚火《たきび》が燃え移ってきたら怖いと思ってにゃ？　それを魔物っぽくしてみたにゃ」

「リアルに怖いな、それ……」

苦笑してしまう。

「あっ！」

「？　どうしたリリア？」

「い、いえ、その絵を見て思い出しまして。炎の神スルトという魔物の話を聞いたことがあるなと」

「……どんな奴《やつ》？」

ネムの絵から紐解《ひもと》いた記憶をリリアが語る。

スルトは炎の巨人だ。

正確なところはリリアにもわからないが、火山を好むのではなく、火山を作る存在だと言われている。

つまりレガリア大火山はスルトが住処《すみか》にしたから火山となったのである。

環境を変えられるほどの超生物が次なるボスの公算が高いとリリアは顔を青くした。

「わたしの上位互換っぽいっ……！」

「海ならば水を操《あやつ》って何とかできたと思いますが……今は難しいです」

形のある炎がスルト。

マルスはそう捉《とら》えた。

もしそうならば自然現象を相手にするも同然で、何の対処もできそうにない。

「ハズキちゃんの氷の魔法も難しそうだな。そもそも凍《こお》るのかわからんし、凍っても溶かされそうだ」

「実際そんなの倒しようがなくないですかっ？《漆黒》さんはどうやったんでしょうっ」

「あいつには【禁忌《きんき》の魔本】を超えた魔法がたくさんあるっぽいからな……魔物を作れるってもう人間のレベルじゃないでしょ」

いろいろ考えてみるも炎を制する方法は見つからない。

水を使えば水蒸気爆発を起こしそうだし、氷はスルトの中に凍らせるものがあるのか疑わしい。

対処できる手段があまりに少ない。

「まず、この場所で炎の巨人が現れるのはどうなのでしょう？　世界樹と言っても一応は木です。最悪場所ごと燃えてしまう可能性すらあるのでは」

「木の中に火山を入れるようなもんだもんな……最後の手段だけど、《漆黒》にその魔物を呼ぶのはやめるよう頼んでみるか。いけそうな気がするんだよな」

「奥の手にもほどがありますねっ⁉」

マルスは確信していた。

言えば《漆黒》はきっと別の魔物に替える。

なぜなら、《漆黒》のこだわりはそんなところにないからだ。

「あいつはマルスにゃんと戦うのが目的だからにゃあ。罠《わな》で死んでほしくないから壊したって言ってたくらいにゃ。だから勝てない相手はあいつも出す理由ないにゃ」

「そうそう、俺もそう思う」

時々ネムは鋭い。

本質を捉えることに長《た》けている。だから絵や彫刻、粘土《ねんど》細工も上手いのだ。学習能力の高さもそれに由来《ゆらい》する。

《漆黒》はこのダンジョンにおけるストーリーテラーである。

そのシナリオはマルスとの一騎打ちで〆《しめ》られる。それを望んでいる。

だから障害を排除する必要は《漆黒》にもあるのだ。

「そもそもスルトではないかもしれませんしね。有名な魔物だから思いついただけですので」

「あんまり気にしすぎても仕方ありませんねっ！　夕ご飯のお話にしましょうっ！」

「緩すぎでは!?　今食べているのに夕飯の話がよくできますねっ!?」

ピザを口に運びながらハズキはもう夕飯の話を始める。

「気にしてても仕方ないってのは確かだな。世の中、ある程度予想はできても答えがわかることは少ない」

この先の展開を読むのは《漆黒》の心を読むに等しい。

普通のダンジョンでさえ、クリアすれば英雄と呼ばれるほどの偉業だ。

頂点である七大ダンジョン、それを難なくクリアし、あまつさえ自分の好きなように改造する人物の考えなどマルスには読めない。

いや、誰であっても読めはしないだろう。

他人の心を読み解けるほど器用な人間ならば、マルスはこの世界に来ていないのだから。

もっと上手く生きられたのだから。

「まぁ……考えても仕方ありませんね。私は麺類《めんるい》が食べたいです」

「冷たい麺ならネムもそれがいいにゃ。熱いのはイヤにゃあ」

リリアまですっかり気が抜けてしまったらしい。

自分で不安を増長させて委縮《いしゅく》するのは愚《おろ》かなこと。

ダンジョンにおいては、先々を見通す思慮深さと、一旦《いったん》その全《すべ》てを捨てる大胆さが矛盾《むじゅん》しない。

気持ちの切り替えが早いことは冒険者にとって大きな長所である。

ダンジョンの恐怖に呑《の》み込まれ、相手や場のルールに乗ってしまった時点で死が濃厚になっていく。

空気の読めなさは悪いことを招くばかりではなかった。

何か偉業を成し得る者はやはりどこか図太い。

このメンツはマルスを除けば全員図太さがある。

リリアだけは少々繊細《せんさい》なところがあるが、色々悩んでも最終的には前を向く強さを持っている。

それに対してマルスは一度全てを、命までも放棄《ほうき》した前例がある。

実は一番メンタル面に脆《もろ》さを抱える存在だ。

「わたくしはあのラーメンというものがいいです！　あの複雑な味……！　毎日ラーメンでもいいです！」

「にゃー！　あれずっとフーフーしないと食べれないからイヤにゃあ！」

うっとりした顔でシオンがラーメンを求める。

猫舌《ねこじた》のネムは、味はともかく食べるのに難儀《なんぎ》する。

熱さに慣れてきたせいか、シオンは熱い食べものを求めるようになった。

特にラーメンはお気に入りで、しかも味の好みは濃厚とんこつなどなかなかに重いもの。

シオンが現代日本にいたなら、仕事終わりに一人でラーメン屋に並ぶ豪傑《ごうけつ》になっていたに違いない。

見た目こそ保育士でもしていそうなくらい、落ち着いていて穏《おだ》やかなのに。

「ネムちゃんはつけ麺にする？　俺も今日はつけ麺のほうがいいかな」

「薄め、油少なめ、柔らかめ、ぬるめがいいにゃ」

「了解」

いつからうちはラーメン屋になったのだと思いながら、マルスはニヤけた。

境遇も食の好みもバラバラだ。

作るのは大変だが、各々《おのおの》が自分の好みを主張してくれるのは素直に嬉《うれ》しかった。

「か、替え玉をお願いできますか！」

シオンが湯気と照《て》れで赤らんだ顔をしながら手を挙げる。

誰より先に食べきってのことだった。

今日の夜は麺類と決まったので、ハズキとネムが外にそれらしい飾りつけをした屋台を作り、そこで食べていた。

マルスは屋台のオヤジ風の格好《かっこう》をしていて、自分も食べながらみんなの注文に応《こた》えていた。

スープの種類も、麺の太さも様々用意している。

わざわざ外に出てダンジョンで食べているのは、室内だと匂《にお》いがこもるためだ。

このダンジョンなら小型の魔物もいないし、邪魔してくる者は一人しかいない。

「もちろん、たくさん用意してあるからね」

湯切りをしてマルスは麺を器《うつわ》によそう。

一番穏やかで、見た目も温和なシオンだが、地上の食べ物については誰よりこだわりが強い。

海産物しか食べたことがない七百年の人生の価値観が丸ごと変わっていた。

食の楽しみは偉大だ。

この世界では保存食として乾麺《かんめん》が広く普及していて、麺類についてはそれなりに発展している。

ラーメンのようなものも普通に飲食店で出していた。

だがマルスのは保存の利《き》く乾麺ではなく生麺《なまめん》だ。

スープについても前世の記憶をもとに、全員の好みを踏まえて作っている。

出汁《だし》の種類も並の店より揃《そろ》っている。

店を出せるとまでは言わないが、及第点は越えているのではとマルスは密《ひそ》かに自負していた。

自分の作った物を美味《うま》いと言ってもらえるのは嬉しく、マルスはマルスで調子に乗っていた。

「ネムはタマゴが欲しいにゃ！」

「はいよ」

「ご主人様、私はご主人様にもしっかり食べていただきたいです」

「大丈夫大丈夫。ちゃんと食べてるからさ。結構楽しいんだよ、これ」

屋台ごっこでもマルスは大いに楽しんでいた。

自分でも色々食べつつみんなの世話をする。

「わたしはお肉を、もっとチャーシューが欲しいですっ！　これすっごいご飯進むんですよねえっ！」

「ハズキちゃん、それほぼほぼおっさんの食べ方だよ？」

「おっさんっ……！　ぴっちぴちですけどっ⁉」

「お尻《しり》もでっかいしにゃあ！」

パシンと隣に座るネムがハズキの尻を叩《たた》いて笑う。

「全く……食事くらい静かにできないのですか？」

「しゃべりながら食べるの楽しいですからねっ！　リリアさんだってそうでしょっ？」

「まぁ……マルスに買われてからは食べながら話すのが日常になりましたね。王族の頃も奴隷《どれい》の頃も、黙って食べるのが普通だったので、少々違和感はありましたが」

「そっちが楽しいですっ？」

ハズキの質問にリリアは笑みを返す。

楽しいほうは明確だった。

「マルス、たまには一杯付き合いませんか？《漆黒》にはないと言っていましたが、本当は持ってきているでしょう？」

「でも一応ダンジョンの中だしな……酔うのはちょっと」

「たしなむ程度に。私だって強くはありませんから」

うーん、と悩み、【夢幻《むげん》の宝物庫】の中に手を突っ込む。

ほろ酔い程度なら別に問題はなさそうだと思った。

酒は料理にも使うのでたくさんある。品種改良が進んでいないこの世界の肉は臭みが強いので、匂い消しの酒は必須《ひっす》だ。

金がありすぎて使いどころに悩むほどなので、持ってきているのはこの世界の高級銘柄《めいがら》ばかり。

当然普通に飲んでも美味い。

中でも比較的弱めのワインを一本取り出す。あまり強い酒を出したくなかった。

王族のリリアは幼少期から水で薄めたワインを食事の際に飲んでいたから、マルスを除けば唯一《ゆいいつ》飲める。

社交においては酒を飲めるというのは重要な要件の一つだからである。

ハズキやネムは飲んだことがなく、シオンは酒の存在すら知らなかった。

「あの臭いやつにゃ。ネムは一生飲まなくてもいいにゃ」

ちゅるちゅると一本ずつ麺をすすり、ネムは耳を斜《なな》めにしていた。

酒の匂いがネムは嫌いなのだ。

「わたしも甘いもののほうがいいですねぇっ……しかも高いしっ！」

「ふっ、お子様ですね」

酒の味もわからないとは、とリリアが少し馬鹿《ばか》にしたように言う。

この世界では年齢による制限は特にない。

各家庭で方針を定めている程度だ。

「でも、リリア様はお酒を飲むと……」

「なんだよなぁ」

満足げに麺をすすっていたシオンが少々不安げな顔をする。

リリアは酒が飲めるとはいえ強くない。

そして酒は人の本性をさらけ出す。

マルスがリリアになるべく酒を飲ませないのもそれなりの事情がある。

「だ、大丈夫ですよ！　ま、前のような醜態《しゅうたい》は晒《さら》しません！」

「マルスの頭撫《な》でて……ちゅきちゅき……って言ってたじゃないですかっ！　あれ見てるほうもめっちゃ恥《は》ずかしかったですからねっ⁉」

「ち、痴女《ちじょ》！　痴女！　う、うるさいですね！」

「最後にはえっちしたいって連呼《れんこ》してましたからねっ！　痴女はリリアさんですっ！」

――甘え上戸《じょうご》。

普段真面目《まじめ》で理性的なリリアだが、その本性は甘えたがり。

人目もはばからず猫なで声でベタベタ甘えてくるのだ。

普段のリリアと比較するとまさに醜態である。

甘えられているマルスでさえ少し恥ずかしいくらいなのだ。

リリアの尊厳を守るためにもあまり飲ませたくないのだが、本人が望むと拒否しにくい。

「あ、あまり飲んじゃ駄目だぞ？」

「の、飲みませんよ！　私は大人です！」

「大人が赤ちゃん言葉であまあまですかっ⁉」

「くっ、い、いいでしょう⁉　飲まなくても二人きりの時はそうなのですから！」

「うぇーいっ！　痴女痴女っ！」

真っ赤な顔のリリアと楽しそうな顔のハズキが言い合う。

甘えたいから飲みたいのだろう。つまりは言い訳が欲しいのだ。

感情ある生き物は言い訳さえあればなんでもできるもの。

酒のせい、と言い訳できれば恥ずかしくても甘えられる。

そう思ったマルスは仕方ないとグラスに酒を注ぐ。

次の瞬間、異変が起きた。

「大将。醤油《しょうゆ》とんこつ固め濃いめ多めで。野菜マシニンニクマシで。チャーシューも多めでな」

暖簾《のれん》をくぐってやってきたのは《漆黒》だった。

「何しに来た」

「いや、ラーメン食いに。匂いでまさかとは思ったが、マジでラーメンだとはな。オレ大好物なのよ。しかも太麺あるのかよ⁉　最高だな⁉」

　これまで聞いた中で最も嬉しそうに《漆黒》は笑い、席に着く。

「ネムたちのゴハンにゃ！　お前のじゃないにゃ！」

「いいじゃんネコちゃん。ラーメンはオレたちの国じゃ毎日食べるくらい大事な食べ物なんだぜ？」

「嘘《うそ》を吹き込むな！」

「いや、オレはラーメンだったぞ？　まぁほとんどはカップ麺だが」

　一瞬納得しかけたネムたちをマルスが間違いだと訂正《ていせい》する。

　マルスはたまにしか食べていなかった。ほとんどはコンビニ弁当だった。

「うちは高いぞ」

「あー、金なら全部やってもいいぞ。どうせこの世界は終わる」

「次の魔物、もしスルトならやめてほしい。お代はそれで」

「スルト？　オレが出そうとしてたのはドラゴンだ。溶岩の中で泳いでた変な奴な。ドラゴンってかウナギみたいな見た目だが」

　なになに、心配しちゃってたわけ？　と《漆黒》はバカにするように笑う。

　しゃべりながら《漆黒》の分のラーメンを用意していたマルスは、ドラゴンと聞いて少し恐怖を感じた。

ほかの面々も同じように動揺していた。

ドラゴンはダンジョンがあるこの世界でも伝説の存在だ。

マルスたちでさえ、ノルン大墳墓《ふんぼ》でドラゴンゾンビと、前回の海底都市で遭遇《そうぐう》した首長竜《くびながりゅう》しか見たことがない。

ドラゴンゾンビは死霊術師のノルンに操《あやつ》られており、首長竜は本体である海神の隠れ蓑《みの》で、どちらも万全《ばんぜん》な状態とはいいがたい状態だった。

しかしそれでも両方が七大ダンジョンのボスの片割れを務めていた。

つまりはそれくらい強く、また珍《めずら》しい存在なのである。

「チェンジってわけにはいかないか？」

ラーメンをテーブルに置き、マルスは再び交渉《こうしょう》を開始する。

ドラゴンの怖さは情報のなさにある。

デタラメな逸話《いつわ》ばかりが残っていて、誰一人本物を知らないのだ。

だが強いことだけは確実。

力の片鱗《へんりん》を知るマルスたちは自信を持って言える。

「ま、大丈夫だろ。お前らなら勝てる」

「……？」

想像していなかった言葉にマルスは首を傾《かし》げた。

《漆黒》が口にしたのは、信頼の言葉だったからだ。

「知ってるか？　神ってのは乗り越えられない試練は与えないもんなんだってよ。ならオレもその流儀《りゅうぎ》に従うべきだ。だって神だから。——ってか美味っ！　お前店やれよ！」

「貴方《あなた》を神になどさせないため、私たちはここにいます。寝言は永眠してから言いなさい」

「気の強い女だな。ケンカ売る相手はマジでしっかり選んだほうがいいぞ。オレの機嫌が悪かったらその頭はとっくに地面に落ちてる」

コショウなどの調味料を色々入れ満足げに頷《うなず》いてから《漆黒》は再びリリアを威圧《いあつ》した。

「こいつとは決着をつけたいが、オレにとってお前らは重要じゃない。むしろ皆殺しにしてこいつの復讐心《ふくしゅうしん》を高めるってのも全然アリなんだぜ。わかってるだろ、それくらい」

飄々《ひょうひょう》としているが言葉に嘘が混じっていないのはわかる。

《漆黒》の言う通り、全員の命が握られていた。

その気になれば今すぐ全滅させることも可能なのだ。

しないのは、《漆黒》がそんな気分ではないという何の合理性もない理由からだ。

だから気を悪くさせれば事態は一瞬で変わってしまう。

野生の勘《かん》がはたらくネムはしっぽの毛を逆立てる。

「ま、今どうこうするつもりはねぇよ。口の利き方に気をつけろって話だ。お、そのチャーシュー丼も美味そうだな。オレにもくれ」

ハズキの食べていたチャーシュー丼《どんぶり》を《漆黒》は指さす。

急に手を向けられたハズキは驚き、丼を盾《たて》に飛び跳《は》ねた。

いちいちビビるな、と文句を言い、《漆黒》は改めて注文する。

「せっかく楽しい屋台ごっこだったのにっ……」

「わたくしも三杯しかいただけませんでした……」

「結構食べてますねっ？」

「味噌《みそ》のほうも食べたかったのですよ……」

はぁ、とハズキとシオンはうなだれながら片づけをする。

「あいつ嫌いにゃ！」

「もちろんです。好き放題振る舞って……！　酔いも一瞬で冷めました！」

ネムもリリアも怒り心頭だ。

「みんな、ごめんな。俺がもっと強ければあんな振る舞いさせなかったのに」

「ご主人様が謝ることではありませんよ」

要するに、マルスが舐《な》められているからこうなる。

かばってくれて嬉しいが責任は自分にあるのだ。

「あの人、寂《さび》しいんですかねっ？」

屋台の暖簾を外しながらハズキが言った。

「え?」

「だって、マルスさんによく絡《から》みに来るじゃないですかっ？　お友達欲しいのかなって」

「友達って、俺と？」

マルスの考える《漆黒》とイメージが合わない。

フランクだが誰ともつるめない一匹狼《おおかみ》。

価値観の根底が違う以上、どうしたってわかり合えない人物で、友達などなりようがない。

マルスはそう感じていた。

「人が欲しがるものは突き詰めればありふれたもの。家族、恋人、友人……《漆黒》がそうでないとは言い切れませんね。でも、それならどうして突っかかってくるのか」

「……ツンデレさんっ？」

「唐突《とうとつ》に気持ち悪くなりますね……」

《漆黒》がツンデレ扱いされ、リリアのみならず全員苦笑する。

「にしても、次はドラゴンか……」

「ドラゴンは亜種が多すぎて予想できません。どこであろうと必ずその地域に適応した種類がいたとされていますから。以前遭遇したヒュドラも龍《りゅう》の眷属《けんぞく》でしたが、想像していたドラゴンとはまた違いましたよね」

「飛ばないし、トカゲってよりは蛇《へび》だったもんな。次のもウナギみたいだって言ってたし……」

亜種が多いというより、ドラゴンの定義が異様に広いと言える。

爬虫類《はちゆうるい》に分類される巨大生物。

たぶん、それこそがドラゴンの定義なのだ。

決して空を飛ぶ者に限らない。

前回の首長竜のように飛べない者も多いのだ。

「でもちょっと楽しみにゃ。ネムの魔物図鑑がいい感じになりそうにゃ」

「魔物図鑑？」

「にゃ。冒険しない人も魔物見たい人いると思うにゃ。だからネムは魔物ハカセになりたいにゃ。絵を描く人にも本を書く人にもなりたいけどにゃ？　長生きすれば全部なれるにゃ！」

ネムは楽しそうだった。

どんな状況でも笑顔でいられるのがネムの最大の長所だと思う。

これまで出会ってきた魔物は全てスケッチされていて、たまにしっかりした絵に描き直しているのを見たことがある。

「ネム先輩は夢がいっぱいですね！」

「わたしも小説家か詩人、歌手になりたいですっ！」

おぼろげすぎて、まさに夢物語と言える夢を皆が語る。

「歌手は諦《あきら》めたほうがいいと思いますよ」

リリアはばっさりとハズキに断言した。

「えっ⁉」

「だって貴方、歌が壊滅的に下手ですよ。料理のときやお風呂で歌っていますが、ある種の攻撃です。私やネムは耳がいいので余計にキツイ」

「ひ、ひどいっ！　ま、まぁシオンさんの聴いてからそうなのかなって思ってましたけどっ！」

音程も壊滅的だし歌詞も悲惨だ。

ハズキは故郷で友達が一人もいなかったらしく、周りのレベルをよく知らない。

しかも唯一の肉親であるおばあちゃんがハズキをたいそう可愛《かわい》がっていたために、歌など色々褒《ほ》められて育ったようだ。

なので音痴《おんち》であることをつい最近まで知らなかった。

単純な上手さならシオンがずば抜けている。

人を惑《まど》わす魔力の乗った声は誰の心にも突き刺さる。

「リ、リリアさんの夢はっ⁉」

「私はマルスの子を産み育てることです。夢ではありません。これからの現実です」

真面目に断言する。

マルスは照れた。

「誰の赤ちゃんでも楽しみですねぇっ！　わたし赤ちゃんって見たことないんですよっ！　可愛いんだろうなぁっ！」

ハズキの一族は元首長であったノルンの呪《のろ》いにより女しかいない。

なので一族は存続の危機にあった。赤ん坊などほとんど生まれないのである。

「ネムの赤ちゃんはどうなるのかにゃ？　耳とかしっぽあるのかにゃあ」

「どっちの血が濃いかですねっ……マルスさんのような黒髪でしっぽ生《は》えたら可愛いんじゃないかなって思いますっ！」

「わたくしは少し不安です……人間でも人魚でもない中途半端な生き物なんてことにはなりませんよね……？」

マルスも想像して不安になる。

だがリリアがその不安を解消させた。

「大丈夫ですよ。その場合、まず子供ができませんから」

「そういうもんなのか」

「私たち異種族は人間の近親種ではありますが、全てが人間とのあいだに子をなすことができるわけではありません。エルフや獣人《じゆうじん》は例があるものの、人魚は正直わかりませんね……」

人魚自体、伝説の存在だ。

つまりシオンが知らないのなら誰も知らない。

「これは考えても仕方ないね。お風呂入って寝ようか。明日はドラゴン討伐《とうばつ》だ」

「汗《あせ》で髪も肌《はだ》もべったべたですもんねっ。ほら前髪がおでこにべっとりっ！」

汗でべとつき、髪型がぐちゃぐちゃだ。

原型を保っているのは見栄《みば》えを気にするリリアだけ。

一番ひどい状態なのはがっついていたシオンだった。

顔に髪が張り付き、色っぽさを越えて少々みっともない状態だ。

「ふぃーっ！　今日もいいお湯でしたっ！　アイス食べちゃおっとっ」

「いつもよりちょっと早いね？」

「のぼせそうだったので先に出てきましたっ！」

いつも長風呂のハズキが珍しく最初に出てくる。

風呂場から騒いでいる声がするので、ほかの三人は雑談に華《はな》を咲かせているに違いない。

女だけの風呂場はマルスの手が及ばないみんなの王国だ。

飲み物を持ち込んだりしていつも賑《にぎ》わっていた。

Tシャツにショートパンツ姿のハズキはタオルを首にかけ、濡《ぬ》れた髪のまま冷凍ストックのアイスキャンディーを舐める。

そしてソファで本を読んでいたマルスの隣に座った。

「やっぱりリンゴ味が一番美味しい気がしますっ……！」

「そんな真剣な顔で」

こうしてみればやはり年相応の少女だ。

荒事《あらごと》の世界に生きている人種には見えない。

アイスの味程度で一喜一憂《いっきいちゆう》できるような感性を持っている。

しかし風呂でほんのり赤くなった肌と濡れた髪はセクシーで、この見た目で変態だと思うとなおさら淫靡《いんび》に感じられる。

舐めているアイスもまるでフェラをしているように見えた。

天然でエロいのかとマルスは頷いた。

「どうしましたっ？　リンゴ味はまだありますよっ？」

「可愛いなって思ったのさ」

「きゅ、急に言われるとびっくりしますよっ！　ど、どうしたんですかっ？」

「いや、なんとなくだよ。特に理由があってじゃなくてね」

肌の赤さの質を変え、ハズキは出会った頃のように口ごもりながら照れる。

ここ最近は慣れてきてあまり口ごもることはなくなったが、感情が高ぶると言葉に詰まる。

「きょ、今日はわたしと、こ、子作りしますかっ……？」

「別に急がなくてもいいんだよ、こういうのは。リリアたちみたいに発情期じゃなきゃダメってわけじゃないんだしね」

「い、いえっ！　わたしはいっつも発情期なのでっ！　それにわたしもそろそろいい歳《とし》ですし、子供も一人か二人はほしいなとは思ってましたっ！」

この世界は平均寿命《じゅみょう》が短い。

五十歳まで生きていれば高齢者の部類に属するほどだ。

マルスたちのような水準で生活しているのは一部の貴族だけで、一日一食食べられればいいほうという人間もそう珍しくはなかった。

労働力確保のため、そして早死にする子供が多いため子供の数は多く、出産年齢も低い。

十九歳のハズキはそういう視点から見ると子供を産むとしたら遅いくらいなのだ。

全てのサイクルが現代よりも早いのである。

「俺がいた世界だとまだ早いんだけどね。早くても二十二歳過ぎかな。学校を卒業して就職してからって感じ」

「えっ、そっちの世界ではそのくらいの歳が一番むらむらするんですかっ？」

「いや、それはこっちと変わらないと思う。普通に十八歳くらいじゃないのかな」

「す、すっごい我慢《がまん》強いんですね、そっちの人っ……！」

社会構造などが違うと説明しようと思ったがやめた。

誰もがキャリアを考え学校に通ったり、大半が会社に勤めているなど説明するのは難しい。

体験しないとわからないことだと思った。

ハズキに現代日本を想像できるはずがない。

マルスだって仮に説明されようが実際に見るまでこちらの世界を想像できなかったろう。

――ハズキちゃんとは恋人っぽい空気にはあまりならないな。

リリアと二人でこんな話をしていれば甘い空気になっていくものだが、ハズキとの場合、二人して盛り上がることはあっても空気に甘いものは混じらない。

どちらかと言えば恋人より友達だ。

なので一番近い感覚はセフレ。

ハズキの側も一番はリリアであると思っているから、余計にそうなりつつあった。

「アイスずるいにゃ！　ネムも食べるにゃ！」

「ネム！　身体《からだ》を拭《ふ》きなさい！　なんでそういうところは猫と違うのですか！　普通猫は水を嫌がるでしょうに！」

床にまき散らされる水を慣れた様子で拭きつつ、リリアが少々怒りながら戻ってくる。

全裸《ぜんら》で冷凍エリアに行き、ネムはチョコのアイスを持ってきた。

「シオンさんは？」

「まだ浸《つ》かっていますよ。ゆで上がりそうだと言いながらも出ないのですよね」

私ものぼせそうでした、とリリアは手でぱたぱたと顔を扇《あお》ぐ。

海底火山の影響で生まれた温泉でレジャーを楽しんでいたらしいシオンは風呂が好きだ。

そして存外《ぞんがい》熱にも強い。

最初こそ遠慮がちだったが今は食事も遊びも満喫《まんきつ》していた。

「あ、あのっ！」

「どうしました、ハズキ？　アイスは一人一本までですよ。私の分はあげませんからね」

甘味に飢《う》えた一同にとってアイスは貴重品で、仲間内ではちょっとした通貨としてやり取りもされている。

まず氷菓子自体がこの世界ではかなり貴重だ。

「ア、アイスじゃなくてですねっ！　今日はわたしがマルスさんと子作りしたいなってっ！」

「え、独《ひと》り占《じ》めということですか？」

リリアは苦い顔をする。

思わぬ提案にマルスは驚いた。

「マ、マジ？　さっきも言ったけど急がなくてもいいんだよ？」

「《漆黒》さんを見てると焦《あせ》りますっ！　しかも明日はドラゴン！　今日しないともう機会がないかもですよっ⁉」

「ま、まぁ……」

ちらりとリリアを見る。

リリアは笑ったような悲しいような怒っているような顔をしていた。

表情がごちゃごちゃだ。

一番子作りに執着していたリリアにはまだ妊娠の機会はない。

明日マルスが死ぬとして、最後の相手がハズキだったならリリアは納得しないだろう。

死に際にビンタされそうだ。

「大丈夫。絶対生き残るぞ！」

「そ、そうです！　ドラゴンなんてさっさと討伐しますよ！　ハズキが最後など許しませんからね！」

ポカポカとマルスの肩を叩いてリリアは照れ怒りした。

「じゃ、じゃあ今日はわたしと子作りですよっ！　濃厚種付《たねつ》けセックスですよっ⁉」

「い、言うんじゃありません！　どうして私が最後に……！　憎《にく》たらしい！」

ああぁ、とリリアは嘆《なげ》く。

一番最初に愛し合ったのにまさかの最後だ。

妊娠時期の限られたエルフの身体が忌《い》ま忌《い》ましいとリリアは本気で思った。

普段は誇りを感じている身体でもこういった場合は別である。

恋愛して子供を産んで、マルスと同じように年老いて死にたい。

マルスと出会ってリリアが抱いた願望は、他人から見れば些細《ささい》なものであっても、彼女にとっては確実に叶《かな》わない夢だった。

ところが実現可能となって、リリアは、付随《ふずい》する細かい状況まで妥協《だきょう》できなくなってきた。

願うだけ無駄だと思っていたのに、いざ希望を抱くとどこまでも貪欲《どんよく》になる。

リリアのみならず皆が感じていることだった。

欲望こそが人生の活力だ。

彼女たちはようやく人生を手に入れたと言える。

だからリリアはマルスにわがままを言うのだ。

しかしリリアは、根は冷静で、わめいていても仕方ないと頭を切り替えた。

ハズキの希望を尊重するのも大事なことだとわかっている。

「その代わり、貴方の子供を最初に抱くのは私ですからね！　約束なさい！」

「ええっ、わ、わたしよりも先ですかっ⁉」

「いえ、さすがにそこは譲《ゆず》りますが。次に、という話です」

しばし沈黙があり、マルスが遮《さえぎ》った。

「……俺より先にってこと？」

「ええ。――私の子供でもあると思えば色々納得できるかなと。全員私の子です」

「前々からうっすら思ってたけど、俺はリリアの尻に敷かれる生活になりそうだな？」

主導権を握っているようで握れていない。

子供が生まれたら一層そうなりそうだ。

冒険を終えた後のほうが実は大変なのでは……とマルスは少し青ざめ、みんなの顔を見て笑顔に変えた。

# 第13話

「こ、子作りだと思うとめっちゃむらむらしてましたっ……すぐほしいですっ……♡」

ぼーっとした顔でハズキは呟《つぶや》いた。

獣人《じゅうじん》の血が混ざるネムよりもハズキは動物的だ。

性欲が我慢《がまん》できないし、食欲も我慢できない。

というより、我慢する気が全くないのだと思われた。

我慢している間に一生が終わってしまうからだ。

この世界では社会に組み込まれていない人間がかなり多い。

野生の人間と言うのが実態に近い表現かもしれない。

山近くの農村で生まれ育った人はだいたいがこのカテゴリに入る。

ちなみにマルスもそうだ。

ハズキもその一人であるから、周りの目を気にする必要性があまりないのだ。

「パンツぐちょぐちょで気持ち悪いっ……」

マルスがベッドの上で全裸《ぜんら》になりハズキを待っていると、ハズキはパンツのほうから脱ぎ始めた。

仲間内ではハズキにしかない陰毛《いんもう》が水気を帯びて束になっていた。

風呂から上がったのはだいぶ前だ。

つまり、陰毛を濡《ぬ》らしているのは水ではない。

パンツはべちょんと重さを感じさせる音を出して床に落ちた。

太ももには愛液のテカリがある。

相変わらず、一度発情し始めると信じられないほどの愛液を出す。

「赤ちゃんできちゃうセックスするんですよねっ……あっ……想像しただけで、触らないでイけそっ……♡」

ぶるる、と立ったまま身震いし、ハズキは虚空《こくう》を眺《なが》めるような虚《うつ》ろな目をした。

本能に従順なハズキの場合、避妊なしで妊娠の可能性があるセックスをするというだけで興《こう》奮《ふん》度は段違いなのだ。

自分を過小評価しているからか、動物に堕《お》ちるような行為や言動で興奮してしまう。

マルスもハズキとの激しく下品なセックスは好きだ。

あまり気を遣《つか》わず快楽に没頭《ぼっとう》してもいいという点でも。

「ま、まずはやる気出してもらいますねっ……♡」

ハズキはベッドに四つん這《ば》いで上がってきて、仰向《あおむ》けになってすでに勃起《ぼっき》しているマルスのチンポを口で咥《くわ》え込む。

じゅぼじゅぼと大量の唾液《だえき》を絡《から》めた激しいフェラだった。

やる気を出すどころか、そのまま射精させそうな勢いだ。

幼《おさな》さを残した可愛《かわい》らしい顔が男の太いモノを咥え込みブサイクになる様《さま》はマルスを興奮させた。

ハズキの頭を撫《な》でてやると、気をよくしてさらに舌《した》を絡めてくる。

カリ首の隙間《すきま》に舌を這わせ、上顎《うわあご》と喉《のど》で亀頭《きとう》上部を刺激し、それから裏筋《うらすじ》に舌を移す。

我慢弱いハズキの性格がよく出たフェラだ。

焦《じ》らされるより直接快楽を求め、敏感な場所を触ってほしがる。

だからマルスに対しても気持ちいい場所ばかり攻めてくるのだ。

このまま続けられると射精する。

どうせ子作りするなら、一番濃い精液は膣奥《ちつおく》で放ちたい。

思いきり腰を振って、動物同然にまき散らしたい。

最高の快楽は最高の場所で得たいとマルスは思う。

「最初はどの体位がいい？」

マルスはすっかり蕩《とろ》けて目が据《す》わったハズキに尋《たず》ねる。

もう挿入《そうにゅう》したいのだと察したハズキは、普段の照《て》れがどこに行ったのかと思うほど素直に媚《こ》びる。

「きょ、今日は子作り交尾《こうび》ですよねっ……だったら動物みたいに後ろからガンガンしてほしい

ですっ♡」

そう言って四つん這いで性器を見せつけてくる。

トロトロと無尽蔵《むじんぞう》に溢《あふ》れる愛液がハズキの期待を目視できるようにしていた。

マルスは起き上がって、ハズキの腹を両腕全部で摑《つか》み覆《おお》いかぶさる。

驚いて跳《は》ねたハズキの身体を無理矢理押さえてのしかかる姿は野生動物のそれだ。

相手のメスを絶対に逃がさないと全身で意思表示する。

マルスはハズキの穴の場所を腰だけで探る。

ハズキのほうも期待でいっぱいで、尻《しり》を動かし自《みずか》ら誘導する。

お互いに生殖器をすり合わせて絶頂することだけに意識を集中させていた。

「あっ！♡」

穴の入り口と亀頭が出会って二人は一瞬固まった。

これからするのは本気の交尾だ。

狭く小さな穴に、マルスは体重を乗せて腰を突き出した。

ハズキが相手ならいきなり奥に突っ込んでやるほうが悦《よろこ》ばれる。

「おっ！♡　あああっ……！♡」

ずどんと子宮《しきゅう》まで届く一撃を食らい、ハズキは肺《はい》の中の空気を濁音《だくおん》混じりの喘《あえ》ぎ声とともに吐き出す。

へたりこんでベッドに落ちそうになるハズキを下半身の力で支え、腹に抱きつきながらマルスは小刻《こきざ》みに腰を振る。

奥ばかりを突いて、これからここに射精するのだとわからせた。

マルスは大抵《たいてい》の場合、一回目はそれほど長持ちしない。

挿入段階で興奮しすぎて限界が近いからだ。

「イってますっ！♡　イってまずっ！♡」

かくかく腰を打ちつけるマルスに、絶頂したままのハズキは動きを止めるよう懇願《こんがん》する。

連続でイケるタイプであるし、それが好きなのだが、されているときは強すぎる快感とともに恐怖もある。

頭の中が本当に真っ白になり、生命活動の基本である呼吸の仕方さえわからなくなる。

心拍《しんぱく》は破裂しそうなほど高まって、全身が性器になってしまった気さえする。

マルスは犬のように「はっ、はっ」と短い呼吸をし、それに合わせて腰を振り続けた。

射精するまでもう止められそうになかった。

ハズキの膣内は普通の状態でもざらざらしていて射精を煽《あお》るが、そこに大量の愛液と絶頂の痙攣《けいれん》が混じると唯一無二《ゆいいつむに》の感触になる。

過剰《かじょう》なほどのハズキの反応につられてマルスもますます下品に激しくなってしまう。

セックスしているのを見られるのは普通に恥《は》ずかしいが、ハズキとしているのを見られるときが一番恥《は》ずかしい。

「あああっ！♡　あああっー！♡　イっぐ、イぐ、ひっ、イぐっ！♡」

ハズキが身体を全力で強張《こわば》らせて、腹筋《ふっきん》を痙攣させながら重ねて絶頂する。

ぎゅうぎゅう締めつけてくる膣に負けないよう力強く腰を突き入れ、マルスはラストスパートをかけた。

パチュパチュと肉がぶつかり、糸を引く愛液で下半身が密着する。

マルスは頭の奥がかーっと熱くなる感覚を覚えた。

尿道《にょうどう》いっぱいに精液が溜《た》まっているのを必死に我慢し腰を振るが、やがて限界が訪れる。

「だ、だめだ、出る！」

どくん！　どくどく、どぷっ！

思いきり根本まで突き刺し、我慢したせいでゼリー状に固まった精液を注ぎ込む。

どくんどくんと膨《ふく》らみ脈動するチンポの感触をハズキは感じ取り、さらに絶頂を重ねた。

避妊しなければ孕《はら》ませてしまう確信すらあるほど濃厚な精液が、大量にハズキに流れ込んだ。

オスが本気になってする射精だ。

ただでさえ射精量が多いのに、今回は増しに増して大量に噴《ふ》き出た。

ヒザをかくつかせて射精の余韻《よいん》に浸《ひた》りつつもマルスの腰は止まらない。

まだまだ足りない。

確実に孕むくらい注ぎたい。

「うっ……こ、このままもう一回するよ」

「は、はいっ！♡　一回じゃ赤ちゃんできないかもっ、あ！♡」

今度はベッドに押し倒し、ハズキが抵抗できないよう寝バックで突き始める。
二人の交尾は朝方まで続き、ほとんどの時間を繋《つな》がったまま過ごした。

# 第14話

汗《あせ》だくで髪をぐちゃぐちゃにしたままハズキとともに寝室を出ると、リリアがジト目でリビングにいた。

いつものように本を読んでいた。

「お、おはよう」

「おはようございます。随分《ずいぶん》とまぁ、楽しんだようで」

「あ、ああ……」

――朝から怖い！

マルスは冷や汗を運動後の汗とともに拭《ぬぐ》い、ごまかした。

性欲だけはどうにも抑えられない。

もう少し歳《とし》を取れば違うのかもしれないが、現在はその絶倫《ぜつりん》に即して性欲が強いのだ。

「おっはようございますっ！　きっと赤ちゃんできましたよっ！」

「ほう、それはよかったですね。でも簡単には妊娠しないものですよ」

「……リリアさん、なんか怒ってますっ？」

「怒っていません！　――し、嫉妬《しっと》しているだけです！」

もう、と本で顔を隠す。本の上下が逆だった。ポーズだけで読んでいなかったのだ。

「出し切ったと思ってたけど、今すぐでもできそう」

嫉妬しているリリアが可愛《かわい》くて、マルスの性欲が再びこみ上げてくる。

ソファのリリアに近づこうとすると、リリアは本で顔を隠しながら体を小さくした。

「だ、だめですよ！　今日はドラゴン退治《たいじ》ですし、私の発情期が来るまでは絶対にしませんから！　そ、それに一度抱かれたくらいで懐柔《かいじゅう》されるほど私は安くありません！」

「うわ、うわうわっ！　生《なま》ツンデレ来ましたよっ!?　む、むずむずするっ！　かわいっ！」

「ちゃ、茶化さないでください！」

この中で現在一番性欲が高まっているのはリリアだ。

連日連夜の日常からいきなりの禁欲生活。

それだけなら耐えられるが、自分を除く全員がマルスと子作りしている。

発情期が近づいて身体《からだ》も準備を始めている。

結果として、リリアはかつてないほど高ぶっていた。

身体が疼《うず》いて読書にも集中できない。

ドラゴンとの戦闘があることでかろうじて正気を保っていた。

いくら高ぶっても戦闘中に理性を失うほどは鈍《にぶ》らない。

「さ、さっさとお風呂に入って身支度《みじたく》を！　今日は正念場です！　ご主人様もその格好《かっこう》でいられると目の毒です！」

「わ、わかった！」

マルスは急いでハズキを連れて風呂場に向かう。

「リリアさん、きっとムラムラがすごいんですねっ……わかるっ」

「自分から言い出した手前、リリアは絶対弱音を吐かないだろうしな……きっともっと早く発情期が来る予定だったんだと思う」

ハズキと二人でシャワーを浴びながらそんな会話をする。

ささやかな胸の膨《ふく》らみに目いっぱい泡《あわ》を乗せ、ハズキは胸を盛っていた。

昨晩これでもかと見ているのだから、今更《いまさら》盛ってサイズをごまかす意味はない。

別にこの世界はみんながみんな巨乳というわけでもないのだが、仲間たちが巨乳ばかりだからハズキのコンプレックスは刺激されていた。

「わたしだったら……我慢《がまん》できないですっ」

ハズキの場合は我慢する気がないだろうとマルスは思う。

変に我慢されてストレスを溜《た》められるよりはよほどいいとも思った。

「せっかく一緒のお風呂なんだからイチャイチャしたいですけど……リリアさんホントに怒りそうなのでさっと上がりましょうかっ」

「一応作戦会議もしておきたいしね」

ドラゴンよりもリリアの怒りのほうが怖いと二人は確信していた。

ドラゴンは性質も強さもわからないが、リリアの性質はわかっているし、その強さも知っているから。

「私とハズキの遠距離組は開幕速攻で仕掛けましょう。どこまで通用するかわかりませんが、ハズキは氷、私は電撃を使います」

「了解。俺とネムちゃんは近接攻撃。ただ、相手の力がわからない以上、リリアたちの攻撃の様子見をしてから」

次階層に至《いた》る階段の前で一同は話し込む。

戦術はいつもと基本的に変わらない。最も攻撃力の高い手順といえるし、最も慣れている手法だ。

相手がドラゴンならば尚更《なおさら》奇をてらったことはしない。

土壇場《どたんば》で重要なのは日頃の積み重ねだ。

「わたくしはどうしましょう？　一度きりなら水を出せると思いますよ？」

「とりあえずリリアたちのそばで待機を。場合によっては手伝ってもらうけど、危なくなったらリリアかハズキちゃんの宝物庫に避難だ」

シオンは、足手まといとは言わないまでも戦力として期待はできなかった。

今は足を生《は》やして歩き回る程度が限界ラインだ。

だんだんと回復はしてきているが、一度大きな魔法を使えばまた命の危機に瀕《ひん》してしまう。

シオンも重々承知《しょうち》であるため、深く頷《うなず》いた。

「俺が先行するから、ネムちゃんは俺の後ろにいてね」

「わかったにゃ」

「よし、なら行こう」

先に待つのは《漆黒《しっこく》》だ。

ドラゴンなど前哨戦《ぜんしょうせん》でしかない。

しかし、今までで一番緊張していた。


「よぉ。いい天気だな」

「会話下手か。ここじゃ空なんて見えないっての」

胡坐《あぐら》で座っていた《漆黒》が軽いノリで手を挙げ、馬鹿《ばか》を言う。

「じゃ、さっさと出しちまうか」

《漆黒》の影が伸びて、それが実体化する。

出てきたのは巨大なドラゴン。

だがマルスたちの想像していたものとはかなり違った。

「──サンショウウオ?」

「ああ、それだ！　ウナギじゃねぇ！　なんか見たことあると思ったんだよなぁ！」

《漆黒》が思い出してスッキリした声で叫ぶ。

出てきたのはずんぐりとしたフォルムのサンショウウオ。

ドラゴンのシュッとしたイメージとは異なり、腹は膨らみ頭は丸い。

目は閉じられていて、口は横に大きく伸びていた。

黒茶色っぽい身体はぬめりでテカっている。

しかしそんな間抜《まぬ》けな姿とは裏腹《うらはら》に、両手足には堅牢《けんろう》な爪《つめ》が生えていて、よく見れば全身、硬《かた》そうな鱗《うろこ》で覆《おお》われている。

いまいちしっくりこないとはいえ、ぎりぎりドラゴンと言えなくもない見た目ではあった。

「……かっこ悪いにゃ」

「のぺーっとしてますねっ……」

ネムはなぜかガッカリしていた。

さぞかし立派《りっぱ》なドラゴンを想像していたのだろう。

マルスにしてもそれは同じで、どちらかと言えば気が抜けた。

だがデカイ生き物というだけで一定の恐怖は感じる。

適当な攻撃が十分以上に致命傷になるのだけは確信できた。

「ああ、見た目はマヌケだがコイツは強いぞ。油断してたら簡単に死ぬから気をつけろ。――オレが殺すまで死ぬんじゃねーぞ」

兜《かぶと》の下の顔が笑っているのがわかる声だった。

そして《漆黒》は消えていく。

自由気ままな奴《やつ》だなとマルスは苦笑いした。

「とにかくデカイな」

身動きしようとしないドラゴン――サンショウウオを遠目に見つつ、マルスは思ったことを率直《そっちょく》に口に出す。

前にノルン大墳墓《ふんぼ》で見たドラゴンゾンビより大きい。

サイズそのものなら鉱山で遭遇《そうぐう》したゴーレムが最大だが、あれは規格外の中でも規格外だっただけで、このドラゴンもまた生物の規格の外にいる存在だ。

目測なので正確なサイズの測定は難しいが、そのサイズはおよそ三十メートルほど。

確かシロナガスクジラがそれくらいのサイズだったはずだとマルスは思い出した。

言うまでもなく、地球なら最大サイズの生き物である。

この世界ではこんな生き物が溶岩の中を泳いでいるのだと思うと、そのスケール感の大きさに圧倒されそうになる。

生物は大きいというだけで基本的に強い。

圧倒的な自重を支え、動くだけの筋肉を持っているからだ。

巨大生物が戯《たわむ》れに腕を振るうだけでほとんどの生物は簡単に死ぬ。

例《たと》えば牛や馬のサイズでも、後ろ脚《あし》の蹴《け》り一発で人は死んでしまう。

それが三十メートル前後、つまりシロナガスクジラと同等のサイズなら、その脅威《きょうい》は想像に難《かた》くない。

しかも海の中という条件で自重を浮力に任せているわけではなく、自分の筋力だけで立っている生物だ。

全員動かず様子を見ることにした。

「ど、どうしますか？　動く気配がありませんが……」

「俺たちが動いたら急に動き出しそうだ。みんなの予想は？　火山にいた以上、火には強いはず。見た感じ、意外と皮膚《ひふ》も硬そうだ」

硬そうだし、弾力にも優《すぐ》れていそうだった。

マルスの所感としてはタフな魔物。

あくまで予想だがきっと大きくは外れていない。

マルスだってこれまでたくさんの魔物や生物を見てきたのだ。

攻撃力もあるだろうが、それ以上に防御力《ぼうぎょりょく》と生命力が並外れていそうだ。

単純な体力が最も恐ろしい。

ダンジョンの魔物はどれも人間くらい簡単に殺す能力を持っている。

それでも脅威度を低く見積ることができるのは、彼らはマルスたちの攻撃力ならば殺せるからである。

殺される前に殺せばいい。

当然だがそんな理屈が通用する。

しかし体力が無尽蔵《むじんぞう》にあればその理《ことわり》が通用しなくなってしまう。

「動きが遅そうっ！」

「臭そうにゃ！」

「もはや悪口！　確かにそう見えるけど！」

ハズキとネムは思ったことを素直に口に出す。

この場合は緊張感がないことに多少の安心と一抹《いちまつ》の不安があった。

ぱっと見は鈍重《どんじゆう》そうな魔物だ。

——でも、あの《漆黒》が強いと言った。

それだけでこの魔物はどの魔物よりも脅威に感じられる。

リリアを見るとマルスと同じように思っているらしく、真剣な表情だ。

力を推《お》し量《はか》るのに強者の評価以上に頼りになるものはない。

「動かないのも、こちらの出方を見てからという強者の余裕にも見えますね」

シオンが冷静に言う。

こういう時に冷静な者がいるのは有難い。

「どちらにせよ、とりあえず攻撃してみるほかありませんね……」

「問題は大攻勢をかけるか、小刻《こきざ》みに攻撃して様子を見るか。ハズキちゃんを消耗《しようもう》させるのは得策じゃないけど、一撃で倒す確率が高いのはハズキちゃんなんだよな」

「でもでも、わたしが得意な炎の魔法はたぶんあんまりなんですよねっ？　いくら【禁忌《きんき》の魔本】でも、氷の魔法はあんまり得意じゃないからちょっと怖いなってっ……」

魔力を効率よく綺麗《きれい》に使いきれている気がしない、とハズキは続けた。

「なんだよな……うーん、俺が様子見がてら攻撃してみるよ。剣が通るならそんな苦労はしないだろうしね。じわじわ倒せるかも」

覚悟を決めたマルスが剣を構える。

ほかの面々は一歩後ろに下がり緊張感を高めた。

幸いにして、『身体強化』を含め、自己研鑽《けんさん》の魔法を重ねる時間はある。

腕が吹き飛ぶような状態まではしたくないが、骨折までは覚悟して重ねた。

「行くぞ。みんな戦闘準備！」

地面をえぐり、マルスは全力で突進する。

狙《ねら》うは脳みそがあると思われる場所だ。

どんな生き物であっても、動物である以上は脳が致命的な弱点であるはず。

飛びかかり、全力で額《ひたい》の中央に斬《き》りかかった。

しかし――。

「!?」

ぼよんと剣が跳《は》ね返される。

頭蓋骨《ずがいこつ》の硬い感触を予期していたマルスは想定外の事態に一瞬思考力を失った。

まるでトランポリンのように跳ね返され、マルスは地面に着地した。

サンショウウオのドラゴンはその瞬間に目を見開き、口を大きく開いた。

「左右に退避！」

マルスが言うより早く一同は動き出す。

ハズキはリリアとともに右に、ネムはシオンを抱えて左に避《よ》ける。

直後、火炎のブレスがドラゴンの大口から放たれた。

一瞬でフロアの空気は燃え上がり、肺に入る空気も熱くなる。

そこでマルスは思い出す。

炎のトカゲ、サラマンダーを。

「氷の魔法を使いますっ！　よく冷えーるっ！　わ、技名《わざめい》ちゃんと考えておけばよかったぁっ！」

ハズキは魔法を使いながら嘆《なげ》いた。

サラマンダーの全身が凍《こお》りついたのを見て、マルスは武器をハンマーに持ち変える。

ゴムのように弾力があろうとも、凍らせてしまえば砕《くだ》くことができる。

弾性は凍らせると失われる。

液体窒素《ちっそ》の中に入れたゴムが簡単に割れるのと原理は同じだ。

そう思ってサラマンダーの頭にハンマーを振り下ろすも、すぐその氷が緩《ゆる》み蒸気が上がる。

サラマンダーが特別何かしたわけではなく、異様に体温が高いようだ。

先ほどの炎のブレスの温度の影響もあるだろう。

海すら凍った魔法でさえサラマンダーを凍りつかせることはできなかったのだ。

「くっそ、しくじった⁉」

マルスは空中で心底焦《しんそこあせ》り思考が止まった。

空中でそんな簡単に軌道《きどう》は変えられない。

巨大な口がマルスを飲み込もうとぽっかり開く。

それはさながらブラックホールのような真っ黒な穴で、本能的な恐怖がマルスの全身を包んだ。

重力と自分で突っ込んだ勢いのせいで逃げられない。

分身を出して蹴り飛ばしてもらおうにも、自分の速度が速すぎて分身の出現場所とマルスのいる位置で距離が開く。

——一か八か口の中で大暴れし、内部から殺す。

避けられないなら受け入れて方針を組み立てよう。

そう思っていると、バリバリと空気を裂く音がした。

「マルス！」

電撃の矢が数本まとめてサラマンダーの口内に突き刺さる。

強固な身体でもさすがにシビレには耐性がないようで、一瞬サラマンダーが硬直した。

マルスは口の端につかまり、反動を利用して逃げ出す。

「ありがとう、助かった！」

「まだ安心できませんよ！」

リリアたちのそばに戻ったマルスは改めて観察する。

現状サラマンダーは、手足など末端《まったん》部分はまだ凍りついたままで、動きはない。

鈍重なのはフォルムだけでなく、痛覚においても相当鈍《にぶ》いようだ。

リリアの矢もダメージとして効《き》いている様子はない。感じているのはあくまでシビレのみだ。

「さっきボヨンってしてたけど柔らかいのにゃ？」

「いや、硬い。でも中が異様に柔らかいんだ。だから衝撃が分散してダメージが通らない。剣を突き刺せば通るかもしれないけど……」

衝撃は一点に集中させたほうが破壊力が増す。

しかし硬い鱗はマルスの攻撃力でも代償《だいしょう》なしには穿《うが》てない。

内部の柔らかい肉に反発されないよう突きを選択する。

狙うとするなら額、つまり脳を狙うべきだが、下には口があり、そこからのブレスを警戒《けいかい》するとなるとタイミングが難しい。

心臓はもっと無理だ。どこにあるのかもわからないし、肉が分厚すぎる。

さらに額を外してほかの部位に当たれば、マルスは腕の機能を犠牲《ぎせい》にするだけで決定打を与えられないうえ、次のチャンスを失ってしまう。

こうなれば何とか確実に脳を撃つだけだ。

「動きは緩慢《かんまん》ですし、じわじわと痛めつけていくのはどうでしょう？　どんな生物であれ、体力には限界があります。問題は私たちの体力のほうが先に尽きる可能性が高いということですが……」

「ゆっくりだから大丈夫だと思うにゃ！　おっきくても当たらなきゃ全然意味ないのにゃ」

ハズキの氷の魔法でさえダメージになっていないのだから、タフさについてはこれまで出会ってきた魔物の中でもトップクラスだ。

まだブレスの一撃しか受けていないが攻撃力もそれなりにあるだろう。

だが致命的に速度がない。

総合的な脅威度で言えば、これまでの中でもそれほど高い位置にいないと皆、思っていた。

同じ空間にいるだけで命を落としかねない、致死毒《ちしどく》をまき散らすヒュドラ。

ドラゴンゾンビを始めとするアンデッドの大群を指揮していた死霊術師ノルン。

ビルが動いているような巨大さを誇るのみならず知性もあったゴーレム。

海そのものを操《あやつ》るほどの魔力を持った海神。

そういった規格外と比べれば根本的な部分に弱点がある。

マルスたちほどの強者ならば、当たらない強力な攻撃を脅威に思わないものだ。

所詮《しょせん》は動きの遅いオオトカゲである。

そう思っていた――。

「!?」

まとわりついていた氷が溶けた直後、サンショウウオのような間抜けな頭についた眼《め》が開く。

確かに爬虫類《はちゆうるい》のものだとわかる縦長《たてなが》の鋭い瞳孔《どうこう》が威圧《いあつ》感を放つ。

ここで初めて、こいつはやはりドラゴンの亜種なのだと全員が鳥肌《とりはだ》とともに理解した。

そしてこれまでは微塵《みじん》も本気でなかったことも、ようやく全員理解した。

マルスたちを改めて認識したサラマンダーは、その巨大な口から二又《ふたまた》に割れた舌《した》を伸ばした。

表情などわからないのに嘲笑《あざわら》っているように見えた。

「ばらけろ！　シオンさんを宝物庫へ！」

ひと塊《かたまり》になっていれば一気に全滅する可能性がある。

相手の出方がわからないときは分散するのがベターだ。

いきなり強烈に膨らんだ威圧感の正体はすぐわかった。

目の前にいたはずのサラマンダーが消えたのだ。

「にゃ⁉」

遠くにいたネムのそばの壁に、サラマンダーが激突していた。

ネムは跳《と》び箱の要領で間一髪《かんいっぱつ》で躱《かわ》す。

かなり距離があったはずなのに、瞬《また》き一つの間に移動していた。

「もしかしてこいつ……速い⁉」

マルスの動体視力は普通の人間のそれを大きくかけ離れている。

『身体強化』を使用しているから、なおさらかけ離れている。

なのに目で追うことさえできなかった。

その鈍い見た目に反して、これまで出会った魔物の中でも最速。

マルスとネムは想定さえしていれば対応できるが、リリアとハズキでは反応不可能な速度だ。

「リリアとハズキちゃんはすぐ宝物庫へ！」

二人は戦力外だとマルスは判断する。

リリアの電撃矢は一瞬、硬直させただけだったし、ハズキの氷の魔法もほとんど効果がなかった。

それならばリスクを考えて避難させたほうがいい。

言わずとも察した二人は即座に逃げてくれた。

「役に立たないかもですがっ！」

置き土産《みやげ》にハズキが氷で全身を覆ってくれる。

「ネムちゃん！　二人で攪乱《かくらん》しながら戦おう！　空中戦はダメだ！　ブレスを避けられない！」

「わかったにゃ！　ネムは囮《おとり》になればいいにゃ!?」

「悪いけど頼む！　初動さえ見逃さなければ躱せるはずだ！」

ネムは素《す》の身体能力ではマルスを遙《はる》かに凌駕《りょうが》している。

人間とは段違いの才能を最初から持っているのだ。

代わりにマルスほどの攻撃力はなく、【禁忌の魔本】も攻撃よりはネムの身体能力をより活《い》かせる構成で使用している。

具体的には空中に足場を発生させるものなどだ。

その魔法はバリア代わりにも使える。

どうやらネムがお気に召したらしく、サラマンダーはネムのほうへ何度も走り始めた。

サラマンダーは止まらない。

まさに狂騒で、壁にぶつかっては停止し、また走り出してを繰り返す。

どうやらマルスたちを食い殺すことに決めたらしく、大口を開けて走り回って、ブレスを使う気配はなかった。

――お互いに決定打を欠いている。

サラマンダーはマルスたちを捉《とら》え切れないし、マルスたちもまた攻撃の機会がない。

一応激突直後には隙《すき》ができるのだが、頭が壁に突っ込まれているせいでそこを狙えなかった。

この状況が長く続けば確実にマルスたちのほうが早く体力切れする。

何とかして頭に一撃を食らわせたいが……。

そんな思考に気を取られていたマルスは、ほんの一瞬、サラマンダーから目を離してしまう。

ネムのほうにいたサラマンダーの姿はすでになかった。

「やばい」

巨大な質量が動いたことにより突風が巻き起こる。

後ろに飛ばされそうな風を感じ、そちらを見ると凄《すさ》まじい速度で向かってくるサラマンダーが見えた。

──『身体強化』で横に。いや、間に合わない。こいつの横幅《よこはば》が大きすぎる。上は。こいつの速度を利用してカウンターを放つことができる可能性はある。その場合は威《い》力《りょく》も高まるはず。

迷っている暇《ひま》はない。

足に力を入れ跳び上がる。つもりだった。

誤算があった。

足元がこれまでのような岩場ではなく、世界樹の根の一部だったのだ。

結果、根を踏み抜いてしまい、足に十分な力が入らない。

飛距離は小さく、大口のド真ん中のあたりで失速。

虚無《きょむ》の入り口のような黒い穴に吸い込まれそうになり、マルスは死を覚悟した。

──ほんの一瞬の判断ミスで死ぬ。

何度もみんなに言い聞かせてきたことなのに。

死の恐怖が目を閉じさせる。

一度経験していても恐怖は拭《ぬぐ》えなかった──。

「──どっせいッ！」

次の瞬間、サラマンダーはのけぞるように宙に浮いていた。

顎《あご》のあたりに大きなへこみができている。

何が起きたのかマルスには理解できなかった。

ただ一つわかったのは、命が助かったということだけ。

「ガッハッハッ！　アニキを助けられる日が来るとはなッ！」

サラマンダーが地面に叩《たた》きつけられる音よりも大きな声がする。

横を見るとそこには巨軀《きょく》の男――ドワーフのオニキスが巨大な戦斧《せんぷ》を持って立っていた。

赤銅色《しゃくどういろ》の肌に彫《ほ》りの深い肥大化《ひだい》した筋肉。

本来小柄《こがら》なドワーフとは全く違う体軀《たいく》をした英雄だ。

大きな頭は相変わらず毛むくじゃらで、表情は満面の笑みだった。

「オニキス⁉」

「おうともよッ。七大ダンジョンだと聞いて挑《いど》みに来てみれば、アニキが絶体絶命だったのでな。助太刀《すけだち》させてもらったッ！」

「ありがとう……！　今のはホントにやばかった」

オニキスは特別なことはしなかった。

ただその剛腕《ごうわん》で斬り上げただけ。

野球ボールさながらにサラマンダーを打ち上げた。

元から筋力面においてはマルスよりも強かったが、会わないうちにさらに鍛《きた》え上げたのだろう。

以前よりもその佇《たたず》まいに威厳《いげん》を感じた。

「にゃ⁉　ひげもじゃにゃ！」

ネムもオニキスに気づき寄ってくる。

サラマンダーはすっかり昏倒《こんとう》してしまっているようだ。

オニキスの一撃でも外傷らしいものは見受けられないので、顎を攻撃されて脳震盪《のうしんとう》を起こしたのだろうと考えられた。

「さて、アニキ。積もる話はあとにしたほうが良さそうだな。まずはこの珍妙《ちんみょう》なトカゲを退治しようではないかッ！」

「ああ。こいつの頭を砕こう。協力してくれるか」

「無論。オレ様にうってつけの状況ではないかッ！」

マルスは『身体強化』をギリギリ腕が稼働《かどう》する限界まで重ねがけし、ハンマーを高く構える。

また、自分の分身も用意する。

オニキスも息を整える。

そして宝物庫から出てきたハズキに頼み、広範囲ではなく、脳天のみを深く凍らせてもらう。

この状況ならば倒せるはずだ。

全力の三人はサラマンダーの頭をかち割った。

# 第15話

「今日は盛大に食ってくれ！　本当に助かった！」

上機嫌のマルスは、命の恩人になったオニキスに食事を振る舞う。

もちろんオニキスの好物である酒もたんまりと用意した。

もっとも、マルスは腕の負傷があるため、食べ物のほとんどは出来合いのものである。

その横ではハズキが必死に治療してくれていた。

「シオンさん、こいつはこれでも良い奴《やつ》だから大丈夫だよ」

「おうッ！」

標準で声が大きいオニキスは大げさに笑う。

シオンは知らない顔のオニキスに少し怯《おび》えているようだった。

ある程度性格を知るマルスたちと違い、シオンは初対面だ。

見た目だけならオニキスの威圧《いあつ》感は凄《すさ》まじい。

「む、この酒極上《ごくじょう》だなッ⁉」

一本で一千万以上する秘蔵品の酒をラッパ飲みし、オニキスは驚きと感動が入り混じった顔をする。

大きな一升瓶《いっしょうびん》のはずだが、オニキスが持つとペットボトルのようだった。

「オニキス・ロードライト。ご主人様を助けていただきありがとうございます。一同を代表して御礼を申し上げたく」

リリアは丁寧《ていねい》な口調と仕草《しぐさ》で頭を下げる。

マルスに対して以外にこれほど丁寧に謝辞《しゃじ》を述べているのは初めて見た。

「気にするなッ！　借りを返しただけのことッ！」

ガハハと大きな声で笑い、オニキスはリリアの頭を上げさせる。

直情的なオニキスは裏表のない嘘《うそ》のつけない人物だ。

利益のために謀略《ぼうりゃく》に手を貸すこともない。

自分の心に素直に従う。そしてその心は濁《にご》ったものではない。

だからこの反応も正真正銘本心《しょうしんしょうめい》からのもの。

これまた珍《めずら》しく、リリアは異性であるオニキスに笑みを見せた。

「ひげもじゃはなんでここにいるにゃ？」

「あれからずっと旅をしていたのだ。いくつかのダンジョンも踏破《とうは》した。その旅の途中、この世界樹が七大ダンジョンだと聞いたのよッ。漢《おとこ》ならば挑《いど》まざるを得まいッ！」

うんうんと頷《うなず》きながらオニキスは己《おのれ》の美学を語る。

そこに山があるから。それに近い行動原理だ。

己《おの》が力の証明のためだけに命を懸《か》ける。

一人称に「オレ様」を選んでいる時点で尊大な人物である。

猪突猛進《ちょとつもうしん》で勇猛果敢《ゆうもうかかん》。

前にある壁全《すべ》てを粉砕《ふんさい》して進んでこれた人物だから、こんな性格になった。

実際、マルスに出会うまで挫折《ざせつ》を知らなかった男である。

生まれついて巨大な体躯《たいく》を与えられた、ドワーフの突然変異型のチート保持者とも言える。

「ある程度治ったと思いますっ！　でもまだ完全じゃないので、あんまり動かしちゃだめですよっ？」

「ありがとう、ハズキちゃん。ホント、欠陥《けっかん》だらけの必殺技《わざ》だよな」

自分の生む衝撃を全て受け止め、相手も自分も破壊するのがマルスの技である。

要するに自爆だ。

しかも治癒《ちゆ》魔法などの回復手段もマルスは持たない。

仲間ありきの欠陥戦法である。

マルス——行町行人《あるきまちゆきと》の自罰的な精神構造がそのまま技になった。

本人すら気づかないほど深いところに技の根源はある。

自分の身体《からだ》を捨てることに対するためらいのなさが。

そしてここ最近、いくら素早い治療をしてても、腕に少し違和感があった。

骨や筋肉の断裂が元通りには治らないのだ。

微細でも筋肉や骨の配置が換われば動きが変わる。

心配をかけたくないので誰にも言っていない、マルスだけが知る違和感である。

このダンジョンが最後ではあるが、どちらにせよこんな冒険は長く続けられそうになかった。

初めて剣を握った日のことは覚えていない。だが、剣を置く日は近いのだと感じていた。


「オニキス、今日はどこで寝るんだ？」

「オレ様も【夢幻《むげん》の宝物庫】を手に入れたから、そこで寝るつもりだ。晩酌もしたいしなッ！」

「あれだけ飲んだのにまだ飲むのかよ……二日酔いは勘弁《かんべん》だぞ」

「なぁにッ、水と大差ないわッ！」

マルスたちが料理に使う分以外のほとんどを飲み尽くしたにもかかわらず、オニキスは酔った気配を見せない。

ここまでくると酒を飲む必要すらないのではと思う。

水を飲んでいるのと何も変わらないではないか。もちろん、味を楽しんでいるのだろうが。

「ところでだな、ここは本当にダンジョンなのかッ？」

オニキスの疑問はもっともだ。

ほかのダンジョンを知っていれば、このダンジョンの異様さは気になるところだろう。

何しろ迷宮じゃない。一直線で階段を上がっていくだけの空間なのだ。

毎度ボスを用意されているマルスたち以外は何の張り合いもない。

「このダンジョンは今《漆黒《しっこく》》って奴《やつ》が改造した状態だ。迷宮部分と罠《わな》が全部消されてて、さっきのサラマンダーみたいな七大ダンジョンのボスが配置されてる」

「あれがそうなのかッ……ということは、次もどこかのボスなのかッ？」

うん、とマルスは頷く。

「そう言われるとなんだか強かった気がするなッ⁉」

「実際強かったよ。基本一人の力じゃ倒せないからな、七大ダンジョンのボスは。さっきのだってお前の力とハズキちゃんの魔法がなかったらトドメは刺せなかった」

強敵になればなるほど下準備が必要で、マルスの力押しだけでは勝負にすらならない。

今回の場合はハズキの氷の魔法で条件を揃《そろ》えたから倒せた。

「あの娘っ子は強いなッ。ドワーフに魔法を使える者はほとんどいないから基準はないが、あれは人間でも相当な使い手だろうッ？」

「エルフのリリアが驚くくらいだからね。今生きてる魔法使いの中では、実績からいっても最強かもしれない」

何しろ《災害の魔女》の異名《いみょう》が付けられているくらいだ。

世界最強の魔法使いは？　と問われればマルスはやはりハズキと答える。

ハズキはまだ世に知られていないだけで、まず間違いなく伝説に残るだけの功績と実力を持った人物だ。

マルスは実質的にハズキの手柄《てがら》を奪っているようなものだ。しかもその方針のせいでハズキを埋もれさせてしまっている。

少々罪悪感はあるが、ハズキは割とどうでもいいと思っているらしい。

彼女の望む栄誉は自伝という形で叶《かな》えられるだろうし、彼女自身それを望んでいる。

「喉《のど》が渇《かわ》いたッ！　アニキも一緒に呑《の》まんかッ⁉」

「俺はいいよ。飲めはするけど強くはないんだ。それに、酒を飲むとその日酷使した部位《ぶい》が痛くならないか？」

「あー、それは少しわかるなッ」

「ま、宝物庫があるなら泊めなくても大丈夫か。女の子が多いから基本的には男は泊めないけど、お前は恩人だから泊めようと思ってたんだ。じゃあまた明日な。おやすみ。今日はありがとう」

回復にも体力を使うため、マルスはもう眠気が限界に達していた。

体力の最大値は常人《じょうじん》より少し高い程度しかないのだ。

その点、オニキスはその最大値が異様に高い。

なので疲れの度合いも違った。

夜、【夢幻の宝物庫】の中で一同は休む。

それぞれ、風呂上りで肌《はだ》のケアなどをし、髪を乾かし、よく眠れるように準備した。

マルスは回復のため半強制的に薬湯《やくとう》などを飲まされる。

苦くてまずいが、薬草に知識のあるリリアの配合なので効果は確かだ。

「ここに来て気づいたんですけど、わたしって弱い魔物相手には強いけど、強い魔物にはあんまり役立たないですねっ？」

「聞こえが悪いな⁉」

弱い者には最強、強い者には手も足も出ない。

実際強い魔物には魔法耐性がある場合が多いので、ハズキの言うことは正しい。

しかし悲しい現実だった。

はぁー、と深くため息を吐いてハズキは落ち込む。

「確かにそうかもしれませんが、貴方《あなた》がいなければとっくに全員死んでいますよ。今回役に立たなかったとしても、これまで助けてきた分、助けてもらってもバチは当たりません」

「リリアさん……本当に落ち込んでるときはすっごい優しいですよねっ……」

うるうるした目でハズキはリリアを見つめる。

リリアは恥《は》ずかしくなってすぐ目をそらした。

「な、仲間の不調を気遣《きづか》うのは当然です！」

いつもの素直じゃないリリアを見て、ネムとシオンはニヤニヤしていた。

リリアの初めての友達はハズキだ。

マルスに対するものとは種類が違うものの、同じくらい愛情を持っているし、執着もある。

こればかりはハズキの選択だから口を出すつもりはないが、もし一緒に長生きしてくれるならとリリアは願っていた。

最初こそマルスとともに生きて死ねればよかった。

今は違う。この空気に包まれていたい。

「仲いいにゃあ」

「ですね。まるで姉妹のよう」

シオンの谷間に後頭部を埋め、ネムは茶化すような口調で呟《つぶや》きニヤニヤ笑う。

「ち、ちがっ、あ……」

リリアは真っ赤になって否定しようとして、その言葉を止めた。

「……はい。私も妹のように思っています」

口をモゴモゴさせてリリアは心底《しんそこ》恥ずかしそうにする。

「リ、リリアがデレた……」

「う、嬉《うれ》しいを通り越して、びっくりしましたっ……」

マルスもハズキも口をあんぐり開けて驚く。

まさかリリアがこんな形で思いを口にするとは思ってもみなかったからだ。

「は、発情期が近くて変になっているだけです！　忘れてください！」

「絶対忘れられないですよっ！　あー、嬉しいっ！　リリアお姉ちゃん頭撫《な》でてっ！」

「調子に乗るんじゃありません！」

「ぎゃっ！　あははっ！」

トンとハズキの頭をチョップしてリリアは照《て》れ隠しをする。

いつまでもこんな穏《おだ》やかな日常が続けばいいのにとマルスは心から思った。


「明日の敵はどんなのだろう」

「今日は一応ドラゴンでしたものね……それ以上の魔物なのでしょうか」

ベッドに寝そべり明日の不安を口にしてしまう。

今日はマルスが負傷していることと皆が消耗《しょうもう》しているのもあって、夜はおとなしく眠ることになった。

なので昔と同じようにリリアと二人きり。

リリアも治癒の魔法をかけ続けてくれていた。

「また別のドラゴンか、それとももっと強い魔物か……何か思いつくのはいる？」

「おそらく次は天空都市ドラゴニアの頂点でしょう。都市の名前から察するに、やはりドラゴン、それも私たちがその名から連想するものかなと予想します」

リリアが予想したドラゴンである可能性は高い。

マルスたちは知らない情報であるが、天空都市ドラゴニアは異種族の一つである竜人《りゅうじん》が統《す》べる土地だ。

ほかの地域や種族と一切関《かか》わりのない存在が竜人である。

ドラゴンの血を引き、魔物を除けば最強の種族と言えた。

もっとも、今はもう絶滅した種族でもある。

《漆黒》が都市の者を皆殺しにしたからだ。

「……倒せんのかな。前のゾンビ化したのは勝手に崩《くず》れてくれたからよかったけど、生きてる奴はそんなことにはならないだろうし」

「ですが生きているドラゴンには痛覚があるでしょうし、目などの感覚器官に頼っているはずです。視界を奪うなどの戦術は有効かと。ヒュドラの時に使った戦法ですね。そういう意味では、ある意味生きているドラゴンのほうが楽かもしれませんよ？　ドラゴンの逸話《いつわ》の多くはそのブレスの脅威《きょうい》によるもの。属性のない魔力そのものに似た魔法が、生粋《きっすい》のドラゴンが使用するブレス。莫大《ばくだい》な魔力量に比例した破壊力を誇ります」

「……ハズキちゃんみたいだね？」

「ああ、感覚は近いかもしれませんね。魔力任せに全《すべ》てを壊すという意味では」

ハズキがドラゴン……とリリアは笑いをこらえていた。

ドラゴンが使う究極の攻撃が触れたものを消滅させるブレスだ。

ブレスが通った直線状にある物全てをこの世から消し去ると言われていた。

その軌跡《きせき》はまさに奇跡の所業《しょぎょう》。

唯一無二《ゆいいつむに》にして絶対の攻撃である。

弱点はドラゴン自身にさえ負担が大きいこと。

魔力の消費が莫大であるし、それは生命力すら一時的に失《な》くしてしまうほどの負担だ。なので普段は炎や氷など、属性を込めたブレスを使用する。亜種のドラゴンたちは最終的にその部分のみを引き継ぎ、各場所に合わせて進化した。

無属性のブレスを放てるのは、原種が誕生した環境に残って性質を受け継げた者たちだけである。

そしてその環境とは空の世界、天空都市ドラゴニアとその周辺だ。

地上にいるドラゴンは全て天空から堕《お》ちた者たちの末裔《まつえい》なのだ。

「これまでの経験を生かして倒そう。きっと俺たちならできる」

「ええ。私たちは歴史に残るであろう一党ですからね。公表すればの話ですけれど」

「俺はあんまりその気ないな。みんなが覚えててくれればそれでいい」

「……ですね。私たちの冒険は私たちだけのもの」

マルスの右腕にしがみついて、リリアは微笑《ほほえ》みながら囁《ささや》く。

「ハズキちゃんやネムちゃんが書き残す分にはいいけどね。でも、俺は伝説になりたいなんて思ったことはないかな」

「そういうところが好きですよ。さぁ、今日はもう寝ましょう」

頬《ほお》にキスをしてリリアは布団《ふとん》をマルスの首までかける。

微睡《まどろ》む間もなくマルスは眠りに落ちていく。

いつもながら、リリアはマルスを安心させてくれた。

# 第16話

「あれはなんだ、アニキ。人……なのかッ？　──あんな化け物、見たことがないぞ。前に一緒だったアイツとは別人だな？」

階層を上がりすぐ目に入った人物にオニキスは声を震わせた。

《漆黒《しっこく》》は横向きに寝そべって、何かの本を読みながら、だらだらとお菓子を食べていた。

完全に気の抜けた姿である。

だがオニキスはその姿を見て自分の無力を悟った。

《漆黒》は天災が人の形を取ったようなもの。

強者であるオニキスならば、その脅威《きょうい》を正確に理解できる。

以前真っ黒な甲冑《かっちゅう》を着込んでいたゼリウス・ラクレールと見かけは似ている。

だが中身が全く別格の者だと一目でわかった。圧力が違う。格が違う。

ほんの少しの油断が、いや、油断などなく全神経を研《と》ぎ澄《す》ましていても、一瞬もなく刹那《せつな》の間に命を失うとオニキスは直感で理解していた。

心臓や脳を直接無遠慮に触られているような冷たい不安と恐怖が、オニキスの巨大な体軀《たいく》を痙攣《けいれん》させる。

「なんかデカいの増えてねぇ？　え、お前そっちもいける系？　まさかのハーレムメンバー？　しかもゴリッゴリのゴリラじゃねぇか！　上級者すぎんだろ！」

「違《ちげ》えーよ！　こいつはあれだ、弟子《でし》だ！」

けらけら笑って茶化してくる《漆黒》に大声でツッコむ。

「──アニキには敵《かな》わんな。どうしてあんな化け物と普通に話せるのだ。生まれて初めてだ。こんなに怖いと思ったのは」

オニキスはその毛むくじゃらの顔を冷や汗《あせ》でびしょびしょにしていた。

本能が恐怖する。

大声を出して恐怖を拭《ぬぐ》いたいが、気を悪くさせれば死ぬ。

喉《のど》の奥に剣を入れられているような、一歩も動けないほどの怖気《おぞけ》がオニキスの全身を支配していた。震えすら許される気がしない。

一瞬でも目を離せば次の瞬間に頭と胴体が別々になっている確信すらあった。

ただ、強い。

生物としての強度が違う。

ただ、怖い。

目の前の人物はきっと誰であれ殺すことに感情を必要としない。

理由も言い訳もいらない。殺してから理由を考えるタイプだ。

最悪の精神と災厄《さいやく》じみた才能が同居している。

オニキスは一瞬でそれを理解し、この人物相手では戦えないと諦《あきら》めた。

普通、人は海や山、そんな環境が生む天災に立ち向かおうとは思わない。

オニキスが感じた諦めはそんなスケールをしていた。

マルスの仲間が《漆黒》相手でも平気なのは、マルスに全幅《ぜんぷく》の信頼を寄せており、マルスが《漆黒》と同じく転生者だから。

慕《した》っているだけのオニキスはマルスの力の全《すべ》てを知るわけではないから、《漆黒》の圧力をマルスのフィルターなしで受け止めてしまう。

結果、鳥肌《とりはだ》は収まらないし、胃の中のもの全てを吐き出しそうなほど胃が痙攣している。

吐き出さないで済んだのは、オニキス自身がこの世界の強者の側にいることと、わずかながらに残ったプライドのおかげだ。

しかし、たった一目見ただけで戦意が奪われてしまった。

所詮《しょせん》自分は捕食される側の生き物だったのだと知ってしまった。

そんなオニキスの内心は知らず、マルスは普通に会話を続けた。

「で、今回はどんな魔物を出すつもりなんだ」

「おうよ。これが最後だからな。最強を見せてやるよ。こいつはオレでさえ少し苦労したからな。召喚《しょうかん》にもバカみてぇに魔力を持ってきやがる」

よ、と声を出して立ち上がり、《漆黒》はその影を用いて召喚する。

だが……出てきたのはこれまでで最も小柄《こがら》な魔物だった。

翼が生《は》え、手足が爬虫類《はちゆうるい》のものらしき女。

緑色の長い髪をし、その眼《め》には光がなく、まさに死んだ眼をしていた。

端正《たんせい》な顔立ちをしたその女は、何の意志もないように身体《からだ》をフラフラさせていた。

「こいつはな、天空都市ドラゴニアの女王様だ。名乗ってた名前なんだっけな……オレがダンジョンを壊したらすげぇ怒ってな。偉そうに喚《わめ》いてたから殺してやった。ビックリするよな。ダンジョンのボスよりこいつのほうが全然強かったんだぜ。都市の竜人《りゆうじん》は全員すげぇ強かったけどな。まぁ全員殺したが」

「そうか、お前のそれも死霊術の一種……！」

かつて死霊術師ノルンが求めた、死体も魂《たましい》さえも必要としない死者蘇生《そせい》術。

それが《漆黒》の持つ【魔物生成】だ。

ただし、生前の記憶や意志までもが完全に蘇生されるわけではない。

誇り高き女王は、守るべき民も領地も失って傀儡《くぐつ》になっていた。

「ああ、思い出した！『女帝龍』ドラゴニアだ！」

ポンと両手を叩《たた》き、すっきりした声で《漆黒》は何度か頷《うなず》いた。

「なんで、なんで殺したんですかっ……ダンジョンを踏破《とうは》したならそれだけでいいじゃないですかっ……しかも死人を蘇《よみがえ》らせて、こんなことに使うなんてっ……！」

「なんで？　いや、そりゃうるさかったら殺すだろ。大した理由なんてねぇよ。殺したかったから殺しただけだ。お前らだって不快な虫は殺すだろ？　それと何が違うんだよ」

ハズキを見ると唇《くちびる》を嚙《か》みちぎりそうなほど食いしばっていて、口元から血を流していた。

紛《まぎ》れもない死者への冒瀆《ぼうとく》に怒りを隠せない。

傍若無人《ぼうじゃくぶじん》な天災相手でも諦めなんてしない。嫌なことは嫌と口にする。

「──お前は俺が殺す」

「──楽しみにしてるぜ」

本心からの発言に聞こえた。

──ああ、俺が殺してやる。たぶん、それがお前の望みなんだろ。楽しみにするくらいにな。

マルスは唐突《とうとつ》に気づかされた。

《漆黒》の望みはマルスと同じ──。

そして《漆黒》は消えていく。

ドラゴニアの女帝、『女帝龍』は耳をつんざくような悲鳴を上げた。

咆哮《ほうこう》ではなく悲鳴だとマルスが思ったのは、彼女の声があまりに悲しそうだったからだ。

魔力を放出しただけでビリビリと空間が震える。

これまでで最大の脅威だと、マルスは直後襲《おそ》われた顔の痛みで実感した。

目では捉《とら》えきれない速度でマルスの頰《ほお》が殴られたのだ。

その一撃でマルスは壁のほうまで吹き飛ばされる。

「ぐッ！」

オニキスが受け止めてくれたおかげで、かろうじて壁に激突することは免《まぬが》れた。

しかし頭の中がぐわんぐわんする。

完全なる不意打ちだったが、首の骨が折れていないのが奇跡に思えるほどの威力《いりょく》だった。

魔力が見えるハズキやシオンでなくても見えてしまうほど、ドラゴニアの女帝の全身からは魔力が溢《あふ》れ出ている。

女帝の名にふさわしい実力がそこにあった。

莫大《ばくだい》な魔力を持つハズキすら軽々凌駕《りょうが》する量だ。

しかも肉体強度も『身体強化』をたくさん使用したマルス並みかそれ以上。

移動の軌跡《きせき》すら感知させない速度はもはや瞬間移動の領域にある。

間違いなくこれまで出会った全ての魔物の中で最強。

だが、そんな彼女は涙を流していた。

「わ、わたしが、わたしがあの人を止めたいですっ！　きっとこれはわたしの使命だからっ！」

噛んだ唇から血を流しながらハズキは涙目で宣言する。

女帝はあまりに哀《あわ》れだった。

真っ当に戦ってハズキが勝てる相手ではない。

だから、みんなに協力しろと要請《ようせい》しているのだ。

皆がそれを理解する。

死んで身体を好きにされている竜人を「人」と呼べるハズキの言葉だから協力したいと思わされる。

「ハズキにゃん！　ネムの背中に乗るにゃ！」

ハズキに最も足りないのは機動力だ。

ネムはそう判断し、その背にハズキを乗せて走り回ることにした。

「オニキス！　リリアとシオンさんの援護《えんご》を頼めるか！」

「守れでいいッ！　引き受けたッ！」

オニキスの強さはマルスも認めるところだ。

倒せと言えばスピード不足で攻撃を当てられず難しいだろうが、守れと言ったならきっと自分の身を盾《たて》にしてでもこなしてくれる。

付き合いは短いが人間性に信頼が置けた。

——小さい分、隙《すき》がなくて本物のドラゴンより強いかもしれない。

ドラゴニアの女帝は規格外のパワーとスピードを保持していた。

走りつつも半分飛んでいる。

速度はマッハの領域だろう。移動するたびに空気が破裂するような爆音が響き、みんなを身体の奥底から震わせる。

超小型の戦闘機同然だ。

空気との摩擦《まさつ》で発生する熱も気にならないほどの耐久力も兼《か》ね備えている。

マッハの暴力に耐える身体の頑強さを持っていた。

はっきり言えばマルスの完全上位互換に近い存在である。

しかもまだ底が見えていない。

「出し惜《お》しみしてる場合じゃなさそうだ！」

マルスは『身体強化』をいくつか発動し、分身を作りドラゴニアの女帝へと走る。

二人に増えたマルスに一瞬動揺を見せたが、すぐさま対応してくる。

そして、ドラゴニアの女帝は大口を開いた。

『女帝龍』の名に恥《は》じない攻撃が始まった。

口の中に白い光が見え、マルスの全身に鳥肌が立つ。

分身の自分に目配《めくば》せすると、分身はマルスを真横に思いきり蹴《け》り飛ばす。

次の瞬間、分身は真っ白な光の中に消えた。

「ドラゴンブレス⁉」

リリアが叫ぶ。

白い閃光《せんこう》は世界樹の外壁にその形状のままの穴を開ける。

破壊したというより消滅させていた。

何の音もしなかった。

光に触れたもの全てが例外なく消え失《う》せる。

大きさは十メートルほどでそう大きくはないが、起きた結果はこれまで見たどの攻撃よりも恐ろしい。
ここに来てから久々に空を見た。
今日は天気が良く、その陽光がドラゴニアの女帝の後光となる。
女帝は陽光が生んだ暗い影で表情を隠していた。
彼女は魔物ではなく誇り高き龍の女帝なのだと感じさせる神々《こうごう》しさがあった。
「人型のドラゴンだとでもいうのですか⁉」
小型で機動性がある分、本物のドラゴンよりもやはり強いとマルスは確信する。
走り回りながらリリアは弓を射《い》り、ハズキはネムの背中で魔法を放ち続ける。
シオンはオニキスの後ろについて走り回っていた。
一撃の威力はあれど乱発できないから、機会を窺《うかが》っているのだ。
ブレスを外したドラゴニアの女帝はまたもや近接戦に切り替える。
一度強い成功体験を得た者は、いつまでもそれを引きずるものだ。
それは偉大なる女帝であっても変わらない。
マルスに当てた一撃はそれだけ女帝に自信をつけさせた。
「ネムちゃんハズキちゃん、気をつけろ！」
まるで瞬間移動でもするように、ドラゴニアの女帝はハズキたちのほうへ向かう。
動き回り魔法を放つハズキが鬱陶《うっとう》しかったのだ。
マルスもそちらへ全力で向かうが、ドラゴニアの女帝はマルスよりもずっと速い。

生まれ持った器《うつわ》の強度が違う。

人は龍には敵わない。

——どうして俺はこんなに弱い⁉　身体を犠牲《ぎせい》にしても追いつくことさえできやしない！

足が粉砕《ふんさい》骨折しそうなほど踏み込んでいるのに、距離は離れていくばかり。

コンマ一秒にも満たない時間でも、距離にすれば大きな差が開く。

速度のステージが違う。

奥の手として温存していた刀身《とうしん》の伸びる剣を出そうとしたがそれも間に合いそうにない。

剣を取り出して振るう時間でハズキたちは死ぬ。

自分の手から命がすり抜けていく最悪の感覚。

マルスなら耐えられた拳《こぶし》でも、ハズキやネムならば致命傷になるだろう。

それに先ほどよりも速度が乗っている。

マルスだって反射的に紙一重《かみひとえ》で衝撃を回避できただけ。生きていたのすら運がよかっただけ。

手が本気で出なかっただけ。

マッハの速度で殴られて原型を保てる生き物などいない。

自分が弱く、何もできなかったばかりに大事な人たちを失う。

走りながらマルスは泣きそうだった。

そしてハズキたちのそばへドラゴニアの女帝が着く瞬間、状況が変わる。

黒に赤が入り混じった螺旋《らせん》のビームがドラゴニアの女帝を直撃した。

女帝が体勢を崩《くず》して攻撃は止まり、ハズキたちに危害は及ばずに済んだ。

多少なりともダメージがあったのか、女帝は顔を押さえて停止する。

「ハハハッ！　みっともないな、寝取り男！」

高笑いをしていたのは真っ白な甲冑に身を包んだ男。

マルスの二《ふた》つ名《な》である『雷鳴《らいめい》』を騙《かた》り、《漆黒》だと勘違《かんちが》いされ、恋人であったハズキを寝取られた男――ゼリウス・ラクレールがそこにいた。

今は兜《かぶと》は着けず、顔を晒《さら》している。

手には壊れたはずの赤と黒の槍《やり》を持っていた。

「お前まで来たのかよ⁉」

「当然！　――お前が僕に言ったんだ。僕は七大ダンジョンを踏破できるとな！」

――俺の言葉を真《ま》に受けて来たのか。

くすりとマルスは笑う。

強い者の言葉には相手の人生を変えるだけの力がある。

マルス本人だけがその影響力を軽視していた。

「とにかく助かった！　加勢してくれ！」

「断る！　これは僕の獲物《えもの》だ！　そして《純白》であるこの僕が世界樹をいただく！　お前じゃない！　そしてハズキを奪い返す！」

「肩書きの多い奴《やつ》だな！」

この戦闘は、ドラゴニアの女帝が向かう先が多くなればなるほど楽になる。

もちろん躱《かわ》すことができることが前提だが、今のゼリウスならば問題ないはず。

ゼリウスにしてもオニキスにしても、決してマルスに劣る実力ではない。

女帝の攻撃は恐ろしいまでに直線的だ。

光が走り回っているようなもの。だが初動さえわかればなんとか回避することはできた。

「ゼ、ゼリウスっ⁉　こんなところまで追いかけてきたんですかっ⁉　た、助けてくれたのはありがとうですけど、気持ち悪いっ！」

「ぐっ……！」

「なんでちょっと嬉《うれ》しそうなんですっ⁉」

ゼリウスは胸のあたりを押さえ、ハズキの暴言に心なしか悦《よろこ》びを見せる。

すっかり寝取られ願望を持つ変態になっていた。

ほかの男の女になったハズキに冷たくされるのが嬉しいのだろう。

「茶番は後だ！　ハズキちゃん！　大きめの魔法を女帝に！」

「は、はいっ！」

「ほかは女帝が逃げた方向に複数方向から攻撃！」

超スピードが脅威でも方向がわかれば対処のしようはある。

見えないのなら見える場所に引きずり出す。

そう何度も使える手ではないが一度目は有効だ。

マルスの合図で炎の魔法がかなりの広範囲に広がる。

女帝がどの方向に向かっても対処は可能なはずだった。

だが――。

「空!?」

これまで一度も高く飛ばなかったから、上空への移動は考えに入れなかった。

走り続けて酸欠気味の脳みそはマルスの思考の幅《はば》を狭《せば》めていた。三次元的な考え方ができない。

炎が生む上昇気流を的確に摑《つか》み、ドラゴニアの女帝は飛ぶ。

マルスを見るその眼は笑っていた。愚《おろ》か者を嘲《あざけ》るように。

判断ミスを悔《く》やんでいる時間はない。

やばい――そう考えていると、女帝の額《ひたい》に一本の矢が深々と突き刺さる。

「想定の範囲内です。――今こそ私の出番でしょう！」

振り向くとリリアがふふんと不敵に笑みを浮かべていた。

女帝は空中でかくんと首を後ろに倒す。

そして燃え盛る床に墜《お》ちていく。

「シオンさん！　俺の全身に水をかけてくれ！」

「かしこまりました！」

ざばぁっと上から水の塊《かたまり》が落ちてきた。これくらいの魔法なら、今のシオンでも使える。

マルスは躊躇《ためら》うことなく炎の中を突き進む。

ハズキの炎は超高温で長居すればマルスでも普通に死ぬ。呼吸すらままならない空間だ。

だから一気に勝負をつける。

ドラゴンの性質を持つ女帝が炎で死んでいるとは思えなかったのだ。

案の定、女帝は立ち上がろうとしていた。

強引に額の矢を引き抜き、ふらつく足で。

マルスを見つめる目には憎悪《ぞうお》。

いや、誰が相手でも同じ目をするのだろう。

尊厳《そんげん》も身体も奪われたのだ。当たり前だ。

マルスは残る最後の魔力で分身を女帝の後ろに出現させる。

そして、後ろから首を斬《き》り落とした。

がくりと膝《ひざ》をついた女帝の身体はまだ動きそうだった。

しかし動かない。彼女がそれを望んでいないから。

最初からきっとそうだったのだろう。

最悪の二度目の生を望んでいなかったのだ。

意志や記憶がなくても、身体に染《し》みついた誇りは消えない。

マルスは炎の中から遺骸《いがい》を担《かつ》ぎ上げ、ハズキのそばへ運び出す。

「ハズキちゃん、終わったよ。供養《くよう》してやってくれるか」

「はい……」

ハズキは簡素《かんそ》に供養をする。

ゼリウスもオニキスもマルスたちの邪魔はしなかったし口出しもしなかった。

いくらなんでも野暮《やぼ》だと思ったのだろう。


「《漆黒》は本気でやばい。さっきの女帝は一人じゃ倒せる気がしなかった」

次の階層へ続く階段に座り込んで一同は休憩《きゅうけい》する。

「あれが元の人格を持って、得意な環境でしたら手も足も出なかったでしょうね。ブレスで適当に薙《な》ぎ払うとか、空中でひたすら狙《ねら》い撃ちにするだとか。まともな状態であればそういった安全策の戦法を取っていたと思います」

座り込んだリリアはそう言って青ざめた。

そう、『女帝龍』は微塵《みじん》もそのスペックを引き出せていなかった。

魔物ではなく知性ある異種族なのだから、当然考えて行動する。

死体が蘇った状態だからマルスたちでも勝負できたまで。

リリアが言ったように戦術を駆使されていれば勝てるはずがない。

油断しない強者は悪夢の範疇《はんちゅう》だ。

様々な協力を得てようやく倒すことに成功したが、《漆黒》は正面から、それもほかにも竜人がいる中で殺したのだろう。ダンジョンを単独踏破したあとで。

一方、マルスたちは協力し合って初めて倒せた。

ゼリウスが乱入してこなかったらハズキたちも失っていた。

そう思うと戦力の差は著《いちじる》しいと感じられた。

「《漆黒》？　ああ、僕の偽者《にせもの》か」

ふん、とゼリウスは腕を組んで吐き捨てるように言った。

「いや、お前が偽者だって。どこから来るんだ、その自信」

マルスは呆《あき》れる。

自分のほうが上だと思っていないと出てこない発言だ。

とはいえ、ゼリウスは直接《漆黒》を見ていないから仕方ないとも言える。

「さっきはちょっとヒヤっとしたにゃあ……あいつ速すぎだったにゃ」

「で、ですねっ……」

ハズキはちらりとゼリウスを見る。

ゼリウスは得意げな顔をしていた。

「僕のところに帰ってくるつもりになったか？」

「いえ、それは全然」

「冷たいな!?」

「助けてくれたのは嬉しいですけどっ……それで評価するならマルスさんには数えきれないほど助けられてますしっ……力不足っ？」

困り顔をしながら、ハズキは辛辣《しんらつ》にゼリウスを一蹴《いっしゅう》した。

強敵との戦闘でさえ膝をつかなかったのに、ハズキの発言には簡単に膝を屈してしまう。

それにしては嬉しそうだったので、もはやマルスは何も言わなかった。

「ところで、このダンジョンは何かおかしい。ここに来るまで障害が一つもなかったから、一日でここまで来れたぞ」

事情を知らぬゼリウスは真面目《まじめ》な顔に切り替えてマルスに聞いた。


「――ということだ」

マルスは《漆黒》とそれにまつわる経緯《いきさつ》について説明する。

この世界樹のダンジョンは作り変えられてしまっていること。

七大ダンジョンを過半数踏破した者に神の座が与えられること。

オニキスにもだが、《漆黒》が転生者であることやマルスの正体については言わなかった。

「つまり偽者は僕か……！」

「今更《いまさら》そこ⁉」

力の差に愕然《がくぜん》としたゼリウスはまた膝を屈した。

「ならばアニキたちに勝ってもらわないといかんわけだなッ？　あんな化け物が神など寒気がするわッ！」

「まぁ、僕たちにもう神になる機会はないわけだ」

マルスと《漆黒》が三カ所ずつ踏破しているから、この世界樹をオニキスやゼリウスが踏破したところで神にはなれない。

「ただし……どちらかが神になるのを防ぐことはできる」

ゼリウスが初対面の時のように敵意を見せる。

あの時は軽く一蹴してしまったが、マルスは今度は真剣に受け止める。

それもそれでこの世界の人間が選んでもいい選択肢《し》だからだ。

マルスが神になって、ゼリウスたちが納得できる世界が訪れるとは限らない。

自分の運命を他人に委《ゆだ》ねない意志は尊重する。

「……やめだ。ハズキの夫を殺しても恨《うら》まれるだけだからな」

ゼリウスはハズキに笑いかける。

「ゼリウス……わたし、わたし……」

「いいんだ。ほかの男に寄り道しても最後は受け止めてやる。戻ってくるがいい」

器の大きさを見せつけるゼリウスだったが、ハズキの回答はやはり残酷だ。

「わたし……毎日殴られてたのぜんっぜん忘れてませんからねっ？　毎回鼻の骨折られて……甲冑着てる人に殴られるのって鉄で叩かれてるのと同じなんですよっ⁉」

好感よりも恨みのほうが強い。

ハズキの治癒《ちゆ》魔法が向上したのは、毎度自分に使用していたからだ。

女は上書き保存、男は名前をつけて保存。

過去の恋愛についてよく言われることだ。

そして男は過去の女がまだ自分が好きなのではと思ってしまうもの。

ゼリウスは典型的《てんけい》なそういう男である。

過信し、自分本位になってしまっていた。

そして自分のしてきた所業《しよぎよう》をすっかり忘れている。

ゼリウスは善人などではなく、名誉と金銭欲が先行したDV男だった。

今は多少改心しているようだが、根の部分にそれほど大きな変化はないだろう。

言動や態度からそれが垣間《かいま》見《み》える。

「お前、モテんだろうッ？」

「なっ、お、お前みたいな毛むくじゃらと一緒にするな！」

「オレ様はドワーフの中では相当モテるほうだぞッ！　デカいし酒に強いからなッ！」

種族で価値観は当然違う。

ドワーフの中でオニキスは美丈夫《びじようふ》に分類される。

イケメン高身長で、ダンジョンを踏破しているから金持ち。ドワーフの中ではそんな評価だ。

さらには一族の英雄の一人で名誉もある。

当然モテるのだ。

これまではバカにされることも多かったが、実績があるとそれはそれで長所として捉えられるようになった。可愛《かわい》い、だとかも言われている。

ゼリウスは顔こそイケメンだが、その性格が災《わざわ》いしあまりモテるほうではない。

根本的なところでは自信がないため、過剰《かじょう》に攻撃的になってしまう。

ゼリウスが一番強い環境ならモテるが、マルスがいる環境ではどうしてもただの三枚目ポジションを抜け出ることはない。

「変なところで揉《も》めるなよな……」

マルスは困る。

自分も含めて強い冒険者は癖《くせ》がある者が多すぎる。

「モテモテのマルスさんが言うと余裕ある感じしますねっ？　わたしたちみんなマルスさんが好きですもんっ」

「くっ……！」

またもやゼリウスが膝をつく。

この場の女は全員、マルスの女だ。

圧倒的な戦力差だった。

「貴方《あなた》たちは私たちに協力するのですか？」

空気は緩《ゆる》いがリリアは警戒《けいかい》を緩めない。

オニキスは大丈夫だとわかっているが、ゼリウスはいまだ敵の立ち位置にいるからだ。

「オレ様はアニキを手伝おうッ！　元々一緒に冒険したかったからなッ！」

ドンと胸を叩いてオニキスは快活《かいかつ》に大声で笑う。

同行させてくれと言っていたくらいだ。

オニキスの心にはマルスへの素直な尊敬と感謝がある。

マルスがいなかったならドワーフの国は滅び、自身も生きていなかったからだ。

「僕は手伝わない。その《漆黒》とやらは僕が倒して、ここの財宝をもらう」

「お前、さっきは敵対しないみたいな顔してただろ！」

「あれはハズキが戻ってくると思ったからだ！　そうじゃないなら誰がお前なんかに協力するもんか！」

「うわ、ちいせぇ！」

――変にすり寄ってくるより逆に安心するな。

ゼリウスの場合は、素直に協力すると言えば何か裏があるはずとマルスは思っていた。

「そんなだからハズキにゃんに嫌われるにゃ」

「うるさいぞネコ娘！」

ネムがからかう。ゼリウスは激高《げっこう》する。

「あの方はなんだかうるさいですね……」

「器が小さいのですよ。小型犬ほどよく吠えるものです」

シオンとリリアはゼリウスを見ながら小声で話していた。

「な、なんで助けたのにこんなに総スカンなんだ!?」

「ひ、日ごろの行《おこな》いですっ！」

「ここから出たら僧侶《そうりょ》にでもなるか……」

ハズキに言われると本気でへこむらしく、ゼリウスはうなだれた。

# 第17話

「今日は私がマルスを独占します」

テーブルに片手をつき、リリアが宣言するように言う。

【夢幻《むげん》の宝物庫】の中はシンとした空気に包まれた。

「マルスさん独占禁止法違反ですよっ？　特別な事情がない限りはみんなのマルスさんって約束したじゃないですかっ」

「確かにそんな協定を結んだことがありますが……破棄《はき》します。その程度の法で私は縛《しば》れません。私は無敵です」

「暴君っ!?　なんか今日のリリアさん、変っ！」

なぜか得意げに話すリリアにハズキがツッコむ。

マルスから見ても今日のリリアは少し変だ。

いつもは秩序を重んじて、仲間の不用意な発言を咎《とが》める側にいるのに、今日は浮《うわ》ついたテンションをしていた。

「リリアにゃん、いつもと匂《にお》いがちょっと違うにゃ？」

「なんですか、花のように可憐《かれん》という意味ですか？　平原に咲く大輪《たいりん》の花のようですか？」

「あれ、なんだかわたしみたいなこと言ってるっ……！　やめてくださいよ、わたしの個性が消えちゃうでしょっ⁉」

——本当にリリアか？

そう思ってしまうくらい発言が素《す》っ頓狂《とんきょう》だ。

普段似たような言動をしているハズキが少し引いているレベルである。

まるで酒に酔ったような発言だった。

「ど、どうしました？　ラーメン食べますか？　元気になりますよ？」

「シオンさんまでちょっと変っ！」

おろおろした態度でシオンはラーメンを勧《すす》める。

だが夕飯はもう食べてしまったのでラーメンなどない。

要するに自分が食べたいだけだ。

夜食に作るかとマルスは真面目《まじめ》に考えた。

「リリアにゃんから変な甘い匂いするにゃ。なんだろうにゃあ……にゃ！　吸ったら美味《おい》しい花の蜜《みつ》みたいな匂いにゃ！」

「ほら、やはり私は花のよう……」

「でもどっちかっていうと臭い花だけどにゃ？　匂いがしつこいのにゃ。味が美味しいだけにゃ」

「臭い!?」

自信に溢《あふ》れていたリリアは声を裏返した。

「な、なんか妙にテンション高いな?」

「不思議と楽しい気分でして!」

晴れやかな表情でリリアはくるくる回る。

「飲ませてないよな?」

「い、一滴も飲んでないはずですよっ……!?」

マルスとハズキはヒソヒソと話す。

リリアは酔っているようにしか見えない。

「何をひそひそと!　隠し事は嫌ですよ!」

むっと頰《ほお》を膨《ふく》らませてリリアがマルスとハズキの間に割り込んでくる。

ハズキのテンションを踏襲《とうしゅう》したリリアはここまで変な状態になるのかとマルスは驚く。

マルスの背中にべっとりと張り付いてリリアは甘えてくる。

ふわりと漂う色香《いろか》は確かにいつもと少し違うように感じる。

さすがに匂いの種類まではネムの嗅覚《きゅうかく》がないと判別はできない。

「いいでしょう?　今日は私の独《ひと》り占《じ》めでも」

耳元でリリアは囁《ささや》く。

「い、いいけど……」

みんなを見ると嫉妬《しっと》などではなく困惑《こんわく》の表情をしていた。

今日のリリアは何かおかしい。

一周回って恐怖すら感じさせた。

甘えたくてもプライドが邪魔して甘えられない性格のはずなのに、今日は恥《は》ずかしげもなくべたべたする。

「もしかして、これがリリアさんの発情期っ……!?」

「違いまーす！　甘えたいだけでーす！」

後ろからマルスに頬ずりしながらリリアは子供じみた言い方で返事をした。

「ぜ、絶対そうでしょっ！　お酒も飲んでないのに、リリアさんがそんなになってるの初めて見ましたよっ!?　ぐでんぐでんっ！　でーすって、そんなキャラじゃないでしょっ！」

「怒ってるリリアにゃんより怖く見えるにゃ……」

「正直、同意見です……」

ネムたちは少しリリアから距離を取っていた。

もはや不気味の領域に達していたからだ。

「それで、私の独占に異論ある者はいますか」

「疑問形ですらないっ……！　文句言う人は殴るぞって顔してるんですけどっ!?」

肝《きも》が据《す》った顔でリリアは全員を威圧《いあつ》する。

後ろにいるせいでマルスだけがその顔を見ることがなかった。

——俺まで怖いんですけど⁉

「んっ、んっ……はぁ、マルス……」

二人きりのベッドの上で、全裸《ぜんら》のリリアは同じく全裸のマルスに覆《おお》いかぶさってひたすらにキスを繰り返す。

二人きりの時はこうしてベタベタするだけの時間が最も長かった。

抱き合ってキスしたり、裸《はだか》のままくっついて話をしたり。

性行為に至《いた》るまでの長い時間もまた営《いとな》みの一部だ。

しっとり汗《あせ》ばんだ肌《はだ》が密着し、なんとも言えない心地よさがあった。

本質的には彼らは性感よりも安心感を求めていた。

互いの体温と感触に精神的なやすらぎを求めているのだ。

お互いがすぐそばにいるのだと実感するために肌をくっつけ合う。抱き合って密着する。

毎日が命懸《いのちが》けだから余計にそういった欲求が刺激される。

しかし今日は少し違って、まるでリリアがマルスを捕食しているような状態で、激しく求めてくる。

押しつけられた胸は乳首が完全に膨《ふく》らみ切っていて、マルスの胸元にこりこり当たっていた。

ここまでされればマルスの男の部分も当然反応するが、普段と様子の違うリリアに多少戸惑《とまど》っていた。

リリアが仲間たちを押しのけてマルスを独占しようとしたのは初めてかもしれない。

なんやかんや言ってもリリアは譲《ゆず》りがちなのだ。

——これがリリアの発情期なのか？　それとも禁欲生活の反動？

何度本人に聞いてみても頑《かたく》なに認めなかった。

だがこの欲情具合は明らかに普段と違う。

リリアはどちらかと言えば貞淑《ていしゆく》——仲間内比較——であり、欲していてもあまり大っぴらに態度には見せない。

だが今日は異様なほど積極的だ。

「マルス、好きですよ……」

「俺もだ。——本当に発情期じゃないの？」

くっついていた身体《からだ》を起こし、リリアは複雑な顔をした。

そしてそのままの表情で真っ赤になっていく。

「は、はっきり言えばそうです。いざ来ると恥ずかしくて言えませんでしたが……身体が浮ついていて、倫理《りんり》や矜持《きようじ》が薄れて……いつもこうです。本性が出てきてしまう」

申し訳なさそうなリリアを見てマルスは肩の力を抜く。

本人はみっともないとでも思っているのだろうけども、それがリリアの本心なわけで、表面に出してくれるならわかりやすくていい。

リリアの発情期は紛《まぎ》れもない本心が表に出てきやすくなる。

もちろん性的にも身体が火照《ほて》り、まだ性器に触れていないにもかかわらず股間《こかん》はびっしょりと濡《ぬ》れていた。

「確かに、ちょっと匂いが違うかも」

抱き合って話しているとネムの言っていた匂いをマルスも感じる。

長い耳のあたりから漂ってきているらしいこともわかった。

「私にはわかりません……く、臭くないですか？」

「ううん、本当に甘い匂い。——すごいムラムラしてくる」

バニラのような甘い香りがリリアから漂う。

ネムはあまりいい匂いだと認識していなかったが、マルスにはとても魅力的で、頭の芯《しん》がぼんやりしてくる。

それはリリアの出すフェロモンで、ネムのような嗅覚《きゆうかく》に優《すぐ》れた者や男にしかわからない匂いだ。

発情期が来たことを示すと同時に異性を誘うもの。

リリアが花に例《たと》えていたのは的確だ。虫を惹《ひ》きつける花の蜜の匂いと同じ意図のものだから。

「今日はたくさん子作りしたいです♡」

「俺も……」

上にいたリリアをひっくり返し、ベッドに押しつけて強引にキスをする。

貪《むさぼ》るような荒々しいキスだ。

リリアはマルスに抱きつき、腰に足を巻きつけて応じた。

お互いに今日は我慢《がまん》する必要性を感じていなかった。

リリアの全身は熱くなり、体温も平熱より一℃以上高い。

微熱は病気ではなく、目の前の相手に恋焦《こ》がれて生じた熱だ。

人間であるハズキの場合、気持ちよくて性交を繰り返しているうちに子供ができる。年中発情期の生き物はそんなものだ。

しかし発情期のある動物の場合、明確に子を孕《はら》みたくて性欲が加速する。

混血のネムと違い、リリアは生粋《きっすい》のエルフだ。

だから身体の根本の作りがかなり違う。

数年に一度あるかないかの発情期にリリアの身体は期待しきっていた。

自分に快楽を教え込んだ男の種《たね》を求める。

この機会を逃せばまたしばらくは子供を作れない。

そんなことは絶対に許容できない。

「もう来て……？♡」

蒸気が出そうなほど赤らんだ顔でリリアはマルスの劣情を誘う。

色気の乗る甘い声はマルスの理性をぶった切った。

ごくりと喉《のど》を鳴らしたマルスは、もぞもぞと股間に手をやる。

そして顔を合わせたまま挿入《そうにゅう》した。

「──あっ！♡　入ってっ……！♡　イ、イくっ……！♡」

股間から頭のてっぺんまで一気に突き抜ける電撃にリリアは呻《うめ》く。

ここ最近一度もしていなかった身体の性感は高かった。

挿入されただけでリリアは軽く絶頂した。

そのあと身体をそらし、苦しそうな顔でリリアは嬌声《きょうせい》を上げた。

にゅるにゅると絡《から》みつく膣《ちつ》にマルスの顔も歪《ゆが》む。

禁欲を続けていた影響なのか、リリアの膣は少し狭くなっているような気がした。

初めてした時のような窮屈《きゅうくつ》さだ。

だがしっくりくる。帰ってきたような感覚もあった。

両手を繋《つな》ぎキスをして、マルスは一回一回、ゆっくり大切にピストンする。

じっくりと快感を高め、よりたくさん射精したい。

雑に激しく動いてすぐ出してしまうのはもったいない。

「あっ！♡　あーっ！♡　そ、そんなゆっくり手前から奥までっ！♡」

腰を大きく使い、入り口から奥までを静かに刺激する。

リリアの胸を潰《つぶ》すように身体を密着させ、首筋、耳など見える場所全《すべ》てを愛撫《あいぶ》しながらだ。

思春期の少年少女がする生殖器の快感任せのセックスとは違い、性交に慣れた大人がする滑《なめ》らかなセックスである。

どちらかと言えば愛情表現のためのもの。

本当はマルスも身体の年齢に合わせたケダモノ交尾《こうび》がしたいのだが、夜はまだまだ長い。最初のうちはひたすらにリリアを高めていくことにした。

「お、奥、奥突いてっ……！♡　もっとごんごんってっ！♡　も、もどかしいですっ！」

「まだダメ。もうちょっとゆっくり気持ちよくなろう？」

本能に忠実になってしまったリリアは、自身の最も強い性感帯である膣奥を突いてほしいとねだる。

平常時のセックスならガンガン突くが、今日は少し奥に触れてまた入り口まで戻るピストンを心がけた。

リリアの息は一突きごとにどんどん荒くなる。

マルスも我慢しているだけで徐々《じょじょ》に息が荒くなっていった。

「マ、マルスも激しくしたほうが気持ちいいでしょうっ？　何回種付けしてもいいですから、もっとっ！♡」

「し、締めすぎ！」

ぎゅうっと締め付けを強めた膣内までもが、マルスから精液を絞《しぼ》ろうとねだるように蠢《うごめ》いていた。

にゅるにゅるした肉ヒダの硬《かた》いところがマルスを刺激する。

複数の舌《した》に同時に舐《な》められているようなザラザラ感がたまらなく、足に力が入り思いきり動きたくなってしまう。

二人の相性はいい。

お互いに最初の相手で、これまで何度も経験を重ね身体が最適化されている。

どこが感じるのかもどんな動き方が好きなのかも重々承知《しょうち》だ。

ハズキに出会ったダンジョン、セクメトに入るまで、二人は日々のほとんどをセックスに費《つい》やしていたほどなのだから。

「や、やっぱり俺も我慢できないかも」

「二人きりです。思うままに没頭《ぼっとう》しましょう？♡」

リリアの蠱惑《こわく》的な空気と下半身の快楽追求に抗《あらが》えない。

マルスは我慢するのを諦《あきら》め、腰を先ほどまでより少し速く動かし始めた。

出し入れの度《たび》にぞりぞりと裏筋《うらすじ》が撫《な》でられ、徐々に金玉が持ち上がり射精の準備が整い始める。

そうなってしまうともはや動物だ。

覆いかぶさっていた身体を起こし、マルスの腰はどんどん速くなる。

「ああっ！♡　久しぶりのっ、えっちすごいっ！♡　マルスのおちんぽも硬くてっ……！♡」

んんん、と息遣《いきづか》いを荒くして、リリアは悶絶《もんぜつ》する。

硬く上に反り返ったチンポがリリアのGスポットをゴリゴリ攻める。

リリアの膝《ひざ》を掴《つか》んだマルスは、そのまま遠慮なく膣奥まで突き刺しぐりぐり擦《こす》りつけた。

「んあっ、あっ！♡　気持ち良すぎてっ、あっ！♡　マルス、マルスっ！♡」

身体をエビぞりにしてリリアは喘《あえ》ぐ。

周りに人がいるときには出さない大きな声だった。

本当に今日のリリアは我慢する気がない。

生殖に没頭してマルスの精液を一滴でも多く搾《しぼ》り取るつもりだ。

触覚も視覚も聴覚も、何もかもを刺激してマルスを興奮《こうふん》させる。

根元までしっかり入る膣内が本当に気持ちよくて、マルスも余裕のない顔で動く。

まるで自分のためにあつらえたような穴だ。

刺激だけならシオンのほうがあるのに、その柔らかさとにゅるにゅるの密着感があっという間にマルスを射精に誘う。

「は、初めてのときみたいな締まりだ……！　こんなのもたない……！」

上手な呼吸の仕方も忘れ、マルスは真っ白な頭で言いながら一層激しく腰を振る。

二人とも必死になるのが必至《ひっし》な強い快楽に溺《おぼ》れ切っていた。

繋がり合った場所に最大限集中し、そこから電撃のように響く快感で全身を震わせる。

子作りという獣欲《じゅうよく》にまみれた二人は、パンパンと熱い肉をぶつけ合う。

肉同士がぶつかりたわみ跳《は》ねる。

「あああっ！♡　うっ、ふぁっ！♡　マルス、好きっ！♡　赤ちゃん生ませてっ！♡」

「リリア、リリア……！　はぁっ！　はぁっ！」

声とも呻きとも取れる喘ぎでマルスの興奮はさらに高まる。

だんだんと前のめりになり、裏筋を積極的に擦る動きになる。

快楽が昇りつめるのに比例して動きは激しくなった。

——まだ出したくない。

ぐぐと尿道《にょうどう》を昇り始めた精液の勢いを抑えられない。

あと何度か突くだけで完全に我慢できない領域に達する。

感覚でわかったマルスは腰を止めようとした。

射精感が収まるまでキスなどをしようと思った。

だが——。

「だ、出してくださいっ！♡　一番奥にっ！♡　私も大きいのがっ、もうっ……！♡」

ひぃひぃと喘ぎながら、リリアはマルスの腰に足を巻きつけてくる。

「イ、イきそうっ！♡　んんっ！♡　あっ！♡　だ、だから一緒にっ……！♡　だ、だめ、イ、いくっ！♡」

絶頂間際《まぎわ》で朦朧《もうろう》とした顔でリリアは懇願《こんがん》する。

ほかの面々と比べれば、リリアは一緒に絶頂するのが好きだ。

もうすぐイキそうでリリアも我慢の限界なのだと気づいたマルスは、思いきりのしかかるようにして腰を最大限加速する。

これからするのは種付けだ。

だから精液がこぼれてしまわないよう、リリアの子宮《しきゅう》が下になる体位を選ぶ。

特に意識したわけではないが、自然と種付けプレスする。

「お、俺も出る、出る！」

どぴゅっ！　びゅー、びゅー！　ぶびゅー！　ぶびゅびゅ！

発情期を迎えた子宮に向けて大量に射精する。

過去一番の量が出た確信があった。

リリアはマルスに足を絡め、絶対に離さない意志を全身で表現する。

膣の入り口から奥まで飲み込むような動きがあって、精液がどんどん絞られる。

「あっ、あっ！♡」

マルスのチンポが大きく脈動し吐精《とせい》し続けるのに合わせて、リリアが嬌声を上げ大きく胸を揺らす。

視界はチカチカしているようだったが、その表情は笑顔だった。

マルスも凄《すさ》まじい充実感を覚えながら射精し続けた。

排卵されたばかりの卵は無防備にマルスの侵略を受け入れる。

マルスはどっくんどっくんと射精しながら、尿道に精子の一匹も残らないよう軽くピストンを続けた。

膣内はマルスの精液で満たされていて、少し動いただけで太いカリが精液を掻《か》き出してしまう。

「ま、まだ足りないですっ……！♡　も、もっとっ！♡」

両手足をマルスに巻きつけて、リリアは舌を絡めてキスしてくる。

応じたマルスはまた激しく腰を振り始める。

まだまだ足りないのはマルスも同じだった。

本当に獣《けもの》じみた性欲で二人はパンパン激しく動きだす。

そしてそれは朝どころか昼まで続き、ネムが様子を見に来てもやめなかった。

マルスとリリアの二人ともが汗だくでぐしゃぐしゃで、ベッドは二人の出した体液で凄まじい状態だった。

# 第18話

　翌日、一同は最後の戦いに向かう。

「よぉ。元気か？　メシは食ったか？　ちゃんと寝たか？」

「お前に心配されなくても元気だよ」

《漆黒《しっこく》》は明るく言ったが、どこか覚悟を感じさせる声だった。

　この先に待つのは決戦。

　マルスと《漆黒》どちらかの終わりはすぐそこだ。

「お前ら全員オレが転移で頂上まで連れて行くからな。先はまだまだ長い。もう何も用意してねぇし、ショートカットしちまおうぜ」

《漆黒》が横に手をかざすと、真っ黒なブラックホール状のゲートが開く。

「あれ、また増えてるな。そっちのイケメンはやっぱり？」

「だから……」

《漆黒》がゼリウスを指で示す。

「仲間か？　仲間じゃないなら、ここに置いていくか殺しちゃうぞ？　邪魔くさいからな」

「な、仲間だ、一応な」

先ほどまでの明るい口調のまま、《漆黒》は軽くゼリウスを殺すと言った。

ゼリウスは努めて平静を装うも逃げ出したくなる。

マルスが自分を仲間扱いしたことにも驚いたが、ゼリウスが驚いたというより慄《おのの》いたのは《漆黒》の自然さ。

殺意も悪意もなく殺人を実行するであろう自然さが寒気をもたらす。

前回はゼリウスが真っ黒な甲冑《かっちゅう》を着ていた。

そのせいで《漆黒》だと勘違《かんちが》いされていた。ゼリウス自身も正直なところ悪い気はしなかったのだが、本物を見てその考えを改める。

自分と比べることさえできそうにない。

強弱で判断できる範疇《はんちゅう》にいない。

マルスに対しても化け物じみた印象を内心では持っていたゼリウスだが、マルスはよほど自分に近い存在なのだと感じる。

言葉も通じ、欲もあり、嫌いではあるがまだ理解できる。

しかし《漆黒》は違う。

絶対に理解できる気がしない。それだけの圧力を持っていた。

虫はスケールが違いすぎる人間の気持ちを理解することはできない。

この場合、ゼリウスが虫だ。

言葉が通じることと話ができることは全く別の話なのだとゼリウスは思った。

神の座を狙《ねら》う器《うつわ》。

個人的な心情を別にすれば、《漆黒》以上にふさわしいと言える人物はいないだろうと納得した。

紛《まぎ》れもない超越者だ。

軽妙な態度からは考えられない凶悪な威圧《いあつ》感がゼリウスの脳に警鐘《けいしょう》を鳴らす。

これまでマルスには屈辱《くつじょく》的な対応をされてきた。

そんなマルスに神の座をやすやすくれてやるつもりは毛頭なかった。

だから、《漆黒》とマルスの戦闘中、隙《すき》あらば両者を殺し踏破《とうは》してやろうと考えていた。

どちらが神でも好き放題されたくない。

そして巨万の財を築き、七大ダンジョンの踏破者という実績を持って明るい未来を手に入れるつもりだった。

マルスさえ排除すればあとの連中はどうとでもなる。

戦闘中で《漆黒》に意識が向いている状態ならばそう難しくない。

しかし……そんな気は失《う》せた。

《漆黒》に対抗しようとしたところで通用するとは思えない。

人は天災に敵《かな》わない。

竜巻《たつまき》や噴火《ふんか》には立ち向かおうという気さえ起きないように諦《あきら》めた。

ゼリウスにできることは、敵意がないと表現するため、槍《やり》を自分の【夢幻《むげん》の宝物庫】へ仕舞うことだけだった。


マルスたちは《漆黒》に連れられ世界樹の頂上へ向かう。

頂上は最も広いフロアで、端が見えないほどだった。

真っ白な空間は距離感を見誤らせる。

ダンジョンの最奥《さいおう》はいつもこんな空間だ。

今更《いまさら》ながら、神殿に似た空気だとマルスは思った。

「ここは雲より高いらしいぜ。そう聞くと空気が薄い気がするよな。まぁそんなことはないっぽいが」

「世界樹が酸素を生んでるからか。このダンジョンはあまり環境の変化がないよな」

「光合成ってやつか。オレは学がねぇからよくわかんねぇけど」

会話しながらマルスは不思議な気分になる。

これから殺し合う相手だというのにもう少し《漆黒》を知りたい。

「——さっさと始めるか」

「ああ」

相手を知ればやりにくくなる。

マルスはそう感じていたし、《漆黒》もまたそう思っていた。

「リリアたちは離れて見ててくれ。やっぱり一人でやるよ」

「そ、そんな！　私たちの強みは数でしょう！」

「いや……はっきり言って足手まといだ。みんなが殺されでもしたら、俺はもう戦えなくなるかもしれない」

数で何とかなりそうならばみんなで挑《いど》むのもアリだ。

だが今回の場合、リリアたちの参戦は一パーセントも勝率に寄与《きよ》しないとマルスは考えている。

だったらわざわざ目の前で死ぬのを見たくない。

「リリアにゃん、たぶんマルスにゃんの言う通りにゃ。ネムたちが頑張っても何もできないと思うにゃ」

「わたしも……マルスさんが戦闘中にわたしたちを気にして、そのせいで足を引っ張る……なんてこともあると思いますっ」

「わたくしに至《いた》っては何もできません。こんな状態で一緒に戦うなど、足手まといを通り越して害悪ですらあります」

リリア以外の仲間たちはマルスに同意した。

自分たちの存在が戦力ではなく弱点になってしまっている現状を理解していた。

リリアも理性ではわかっていたが受け入れられないのだ。

「アニキ。姐《ねえ》さんらは任せろ。オレ様が巻き込まれんよう盾《たて》になる」

「頼む。ゼリウスもできれば協力してほしい。ここの報酬《ほうしゅう》はもちろん分けるから」

オニキスの援護《えんご》の申し出に感謝し、ゼリウスに懇願《こんがん》する。

今回、後ろのリリアたちを気にしている余裕は一切ない。

「……わかった。ハズキは僕が守ろう。死んでくれても構わないぞ。僕がハズキをもらっていく」

ふん、と強気にゼリウスは返事する。

こういう奴《やつ》だよな、とマルスは少し気が緩《ゆる》む。

状況が状況なので少しありがたかった。

「わたしは絶対嫌ですけどっ……？」

ハズキが苦い顔をする。

ほかの面々もゼリウスの発言に引いていた。

彼なりの激励《げきれい》だったのだが、その真意は理解されない。

「別に全員で来てもいいぜ？」

「いや、いい。お前だって言い訳できる負け方じゃ納得できないだろ。完膚《かんぷ》なきまでに負けを教えてやるよ」

兜《かぶと》の下の顔は見えないが、目を丸くしているのがわかる。

「強気だな。お前のほうこそ大丈夫なのか？　負けたあとで仲間がいなかったからなんて言い訳しないよな？」

「しないさ。俺の負けは俺だけのせいだ」

「そうか。ならいいや」

《漆黒》は【夢幻の宝物庫】から一本の剣を取り出す。

全《すべ》てにおいて真っ黒な細身の剣だ。

そしてマルスも取り出す。

こちらは真っ白な剣だ。

前の転生者がマルスの【夢幻の宝物庫】に残した忘れ形見《がたみ》である。

白黒つけるときがやってきた――。


最後の最後は一騎打ち。

仲間たちを巻き込まれない距離まで避難させ、マルスと《漆黒》は相対《あいたい》した。

「ふう……」

剣の握り心地を確かめ、マルスは全身を脱力させる。

意外にも緊張はなかった。

むしろ今までで一番調子がいい。

この世界に来てから守る者ができた。

未来を夢見る余裕もできた。

自分を見守る者たちのことを思えば力も湧《わ》く。
力に差はあるだろう。
しかし背景にある差と覚悟が力量を埋めてくれるとマルスは信じることにした。
それに何より、《漆黒》が望むものに気づいた今は負ける気がしない――。

マルスは剣を振り上げて距離を詰めた。
最期《さいご》の戦いは誰の声も音もしない静かな始まりだった。
隙の多い上段から始めたのは、《漆黒》の出方を見たかったからだ。
阻止《そし》されるのはわかっているからマルスは逃げ出す準備もしている。
この場所なら踏ん張りも利《き》く。
片鱗《へんりん》すら見えない速度で、《漆黒》はマルスの剣を横向きの剣で受けた。
ガキンという音とともに火花が散る。
「やっぱり最後は剣で一騎打ちだな！　魔法なんて男らしくねぇ！」
「それは偏見《へんけん》だろ！」
マルスは前蹴《まえげ》りで距離を取る。
チートも攻撃魔法もない、単なる肉弾戦。
二人が選んだのはそんな原始的な戦いだった。

どちらも暗黙の了解で魔法は使わなかった。

冒険者でも転生者でもなく、ただの男二人のぶつかり合いだ。

自《みずか》らの存在を賭《か》けるには身軽がいい。

神から与えられたチートも、自ら選んだ愛する者たちも、今この瞬間には重荷でしかない。

元々何も与えられなかった者たちだ。

何も持たないくらいが肌《はだ》に合う。

剣に必要な重さは自らのプライドだけだ。

ギャラリーからは確認できないほどの数と速度で剣戟《けんげき》は続く。

百、二百、三百、数秒経過するごとに二人の剣閃《けんせん》は数を増していった。

気づけばマルスは笑っていた。《漆黒》もそうだ。

まるで遊ぶように二人は戦う。

お互いから漂うどこか懐《なつ》かしい空気に浸《ひた》っていた。

剣はともに感情を乗せた直情的なもので、小細工《こざいく》は一切ない。

戦士の戦いとしては最高にさわやかだ。

だがそんな時間も間もなく終わる。

マルスは隙が生じるを待っていた。《漆黒》もそうだ。

その瞬間を狙って放つのは剣の持つ特殊能力、見えない刀身《とうしん》を伸ばす魔法だ。

通用するとしたら最初の一度だけ。

以降は全て躱《かわ》されるだろう。

これまでピンチでも使わないでいたのは、《漆黒》がどこかで剣の能力を見るかもしれないから。

切り札は最後の最後まで隠す。

——一瞬を見逃すな。

「ラチがあかねぇって思ってるか？」

「ああ！」

二人は再び距離を取る。

剣で斬《き》り合うだけなら互角《ごかく》で、どちらかの体力が尽きるまでの勝負になる。

だから大技《おおわざ》で決着をつける。

言葉は交わさなくても同じように思考していた。

戦地でお互いの命に届く距離にいる者同士だけが感じる以心伝心《いしんでんしん》だ。

この瞬間、誰よりもお互いが近しく思えた。

「お前さ、技名《わざめい》とか決めてるか？」

「いいや」

「——やっぱり恥《は》ずかしいよな」

これは二人が日本人だからこそ感じるものだろう。

大声で恥ずかしい技名など叫べない。

共感性羞恥《しゅうち》の話で二人はニヤけた。

「これは普通の全力の一撃だ」

「オレもだ。――先に撃たせてやるよ。それを返してお前を殺す」

深く体勢を沈ませて、マルスは居合いの構えを取る。

通常の戦闘ならば隙が多すぎて使えないが、《漆黒》はその構えを邪魔しない。

《漆黒》は身体《からだ》を脱力させ、剣を下にぶら下げたようにする。

構えない構えだ。

マルスがどこにどう斬りかかっても対応できるように形を定めない。

――『身体強化』『身体強化』『身体強化』『身体強化』……！

自分で何回使ったかもわからないくらいマルスは重ねがけする。

最後に物を言うのは単純な速度と力だけ。

細かい戦略も力がなければ何一つ実を結ばないと知っている。

「ああ、それはオレも殺せるな。まともに入れれば、さすがに人間の身体で受けられる気はしねえ。だってのに待ち構えて、オレってお人好《ひとよ》しか？　昔、ヒーローの変身シーンのときに攻撃しろって思ったが、見てみると案外そんな気にはならんもんだな」

「同感だ。俺も隙見せてるんだから攻撃しろって思ってたよ」

やはり近しい人間性。

だいたい、始まりは似たようなもの。

違ったのは様々なものを獲得してきた過程だけ。
人生という長い旅路の歩き方だけ。
その違いが二人を分かつもの。

マルスも《漆黒》も、転生して最初に思ったのは、今度は望む終わりを迎えることだった。
一方は大切な人とともに生きて死ぬことを。
一方は対等な誰かによる死を。
共通して欲しかったのは、特別な誰か。
自分をわかってくれる特別な誰かだ。
マルスにとってそれはリリアだった。
《漆黒》にとってそれはマルスだった。
同じような苦悩を抱いて生き、同じような絶望に沈んで死んだ者。
自分が殺されるなら、自分をわかってくれる者によってがいい。
神が《漆黒》を選んだのなら、《漆黒》はマルスを選んだ。
力があることと、何かを掴《つか》める能力は似ているようで違う。
力があるからこそ何も手に入らないこともある。
壊してしまうことがある。
自分が触れても壊れない誰か——マルスを《漆黒》は待ち望んでいた。

「チートなんてつまんなかったぜ。最初から全部揃《そろ》ってるゲームなんて、誰もやりたがらねぇ。――だから、嬉《うれ》しいぞ。やっとこの罰《ばつ》ゲームが終わる」

マルスがリリアと初めて攻略したダンジョン、セクメト。

その場所に実は《漆黒》もいた。

セクメトを選んだ理由は特になかった。攻略する気もなく、ただうろついていただけ。

ある種の天啓《てんけい》だ。なんとなくという偶然がマルスと《漆黒》を引き合わせた。

元はダンジョンが攻略されたという噂《うわさ》を聞き、その踏破者『雷鳴《らいめい》』に会おうと思っただけだった。

自分以外の転生者がいるなどとは思っていなかった。

しかしそこでヒュドラを倒すマルスを見かけ、《漆黒》は歓喜《かんき》に震えた。

マルスの眼《め》に絶望が見えたからだ。

終わりを知っている眼だったからだ。

一目で同類だと直感した。

小規模でもダンジョンを踏破するのは並の人間には不可能。

それを子供が成し遂《と》げた。

しかもその人物には何やら影がある。

となると、この世界の人間ではない――転生者だと推論《すいろん》することは、同じ転生者である《漆黒》には難しくなかった。

だから待とうと思ったのだ。
極点――最後の七大ダンジョンで。
絶対に逃げられないよう神への王手をかけ、マルスを呼び出した。
全てはこの瞬間のため。
満足できる死のため。
同じ疎外感《そがい》を持つ者に終止符を打ってもらうため。
自害は駄目だ。また転生するかもしれない。
確実に終わるには誰かに殺されるしかない。
だが《漆黒》の身体は強すぎて、魔物の攻撃や事故などでは死ねない。
《漆黒》と同等の力を持っていなければ殺せない。
だからマルスが必要だった。
マルスが生きるためにこつこつ積み上げてきたなら、《漆黒》は死ぬために積み上げた。
「オレは何のために二回も生まれちまったんだろうな」
ボソリと、マルスにも聞こえない声で《漆黒》は呟《つぶや》いた。
マルスの踏み込みの一歩が世界樹を揺らし、その衝撃が周辺地域に轟《とどろ》く。
世界樹すら燃やし尽くす雷鳴のようだった。
自分の移動速度で空気との摩擦《まさつ》熱が起き、全身が焼けそうだ。

それでもマルスは全力で剣を振り抜いた。

剣閃は飛んでいき、《漆黒》はそれを剣で受け止める。

剣閃の勢いは凄《すさ》まじく、剣で押さえるも《漆黒》の身体は世界樹の壁面まで吹き飛んだ。

だがそれでもマルスの一撃は止まろうとしない。

やがて――《漆黒》の剣は斬れた。

そして世界樹の壁面にも巨大な一閃《いっせん》が刻《きざ》まれ、外の陽光が差し込んだ。

「あー、これ、死んだな」

《漆黒》は濁《にご》った声で言う。

直後、口から血が噴出した。

背中の壁も同じように斬れていた。

つまり、《漆黒》の身体はすでに両断されている。

今は上半身の重さとバランスでかろうじて身を支えていた。

「お前、実はもう魔法なんてろくに使えなかったんだろ。卑怯《ひきょう》とか言ってたけど」

マルスの右腕は完全に機能を失っていた。

踏み込んだ足も内部で複雑骨折していて、立っているのは意地と、やせ我慢《がまん》。

痛みで叫び出したいし、今にも気を失ってしまいそうだった。

だが同胞《どうほう》の死の前でそんなみっともない振る舞いは絶対にしたくなかった。

「あれ、バレてたのか。まぁ当たり前の話だ。【魔物生成】も転移も相当魔力を使う。回復も追っつかねぇよ。チートっつっても魔力は使うからな」

あっても使う気はなかった、と《漆黒》はこみ上げてくる血を吐きながら笑って言った。

「今度は満足できたか？　殺されたかったんだろ、お前」

「あー、まぁな。なんかスッキリしてる。なぁ、お前はこの世界をどうするつもりだ？」

マルスは距離を詰め、抱き合うようにして、上下が分かれてしまいそうな《漆黒》の身体を支える。

《漆黒》は悪だ。

これまで殺してきた者たちのことを思えば情状酌量《じょうじょうしゃくりょう》の余地はない。

シオンの精神に陰《かげ》りが少ないのを見ると、結果だけ見れば大した問題ではなかったのかもしれないが、シオンの夫を殺したのも《漆黒》だ。

でも、マルスはどうしても憎《にく》めなかった。

善悪など結局どこから見るかで変わる。

あやふやな倫理《りんり》より主観で判断するのが人間。

マルスはどこまでいっても人間だ。

不幸な境遇に生まれた者の理不尽な復讐《ふくしゅう》を否定できなかった。

「そのままだよ。ただ、俺たちみたいな嫌われ者でも生きていけるような、そんな世界にしようと思う。――だからさ、もう一回生まれてこいよ。この世界に。絶対退屈させないぞ」

「――そうすっか。次に生まれ変わるようなことがあったらよ、その時は友達ってのになってくんねーか？　オレ、一回もできたことねぇんだ」

「親友になってやるよ。ならさ、名前を教えろよ。《漆黒》じゃなく、本当の名前を」

「――」

吐血《とけつ》で濁った声だったが、マルスは《漆黒》の名前を確かに聞いた。

最後の力を振り絞《しぼ》り、《漆黒》は壁に開いた穴をなけなしの魔法でさらに広げる。

そして、一人で歩き出した。

今にも落ちてしまいそうな上半身を支え、一歩一歩踏みしめた。

マルスの剣閃は鋭く、《漆黒》の神経も血管もまだ生きているつもりで稼働《かどう》していた。

大きく開いた穴を背にして、《漆黒》は少し困惑《こんわく》の色を見せる。

そこで兜を投げ捨て、《漆黒》はその黒い髪の素顔を露《あらわ》にした。

「こういうときはなんて言うんだろうな。さよなら？　しっくりこねぇ」

「またな、だろ」

「ああ、それがいいな……――またな」

マルスのほうを向いたまま、《漆黒》は背中からダイブしていく。

世界樹の高さは雲より高い。

死ぬにはいい場所だなと、マルスは嫌味なほど青い空に思った。

「ああ、思い出した。オレ、友達が欲しかったんだっけ。普通に、遊んでみたかったんだ」

空中で上半身だけになった《漆黒》はようやく思い出す。

小さな頃、誰かと一緒に遊んでいる誰かを見たときの気持ちだった。

楽しそうに笑い話していた。

その輪《わ》の中に自分も入ってみたかった。

「――最後は少しだけ、楽しかったな」

最期に《漆黒》が言った言葉は誰の耳にも届かない。

しかしその望みはマルスの心には響いている。

「次こそ、お前も真っ当に幸せになれよ。ちゃんと罪を償《つぐな》ってな。何百年かかっても。そして今度は――」

誰に言うでもなくマルスは独《ひと》り言《ご》ちた。


「あー、俺も死にそう！」

地面に倒れたマルスは悲鳴を上げた。

全身の筋肉が断裂していて、もう一歩も動ける気がしない。

骨折は慣れているが、痛みがないわけではないのだ。

「マルス！」

リリアが泣きながら走ってきてすぐに治癒《ちゆ》に取りかかる。

最期の一撃は本気で放った。

《漆黒》に対する同情も込められていた。

ほかの誰に言っても理解などされない。

しかしマルスだけは《漆黒》の気持ちが痛いほどわかる。

だから、本気でやった。

同類の命を奪うのに手を抜きたくなかったから。

マルスにとって、最初で最後の殺人だ。


ハズキも一緒に治癒に当たる。

「──勝ったよ」

「はい、はい！」

リリアが感涙《かんるい》していたが、マルスは複雑な気分だった。

要するに、《漆黒》はマルスに殺されに来たのだ。

何もかも手に入れられる力を手にしても虚無《きよむ》感は消えなかった。

チートという形で色々手に入れたのに、本当に欲しいものを獲得する能力だけは与えられなかった。必要だったのはやり直す心の強さだったのに。

壊してやり直す。世界ではなく、自分の心をそうすべきだった。

だから前世で死んだときと気持ちが何も変わらなかった。

死に終わり死に始まって、また死を求めた。

殺されることだけが《漆黒》の救いだったのだ。

「ハズキちゃんの言う通り、あいつは友達が欲しかったんだな」

超越者の器を持っていても、欲しいのは友達という珍《めずら》しくもないありふれたもの。

彼の人生には何もなかった。

二度生きても何も手に入れられなかった。

輪《わ》に入れないことも、「入れてくれ」と言える勇気のなさも、マルスには理解できる。

リリアに会うまでマルスは一人だった。

この先も一人だろうと思っていた。

そんな時に《漆黒》と出会っていたなら、案外今頃仲良く世界征服していたかもしれない。

そうならなかったのは――。

「リリア、ありがとう」

「ど、どうしたのですか？」

「お礼を言いたくてさ。ありがとう」

「こ、こちらこそ……あ、頭をぶつけましたか⁉」

困惑するリリアにマルスは笑った。

人生は出会い一つで簡単に変わる。

良くも悪くも、誰かに出会えば人はそのままではいられない。

二度目の人生は本当に出会いに恵まれた。

自分が誰かと生きていたいと思えるなど想像もできなかった。

無傷の左腕でリリアの涙を拭《ぬぐ》ってやり、もう一度穏《おだ》やかに笑いかける。

「本当にありがとう。これからもよろしく」

「わ、私のほうこそ、お礼などどれだけ言っても言い足りません。最後の最期まで、一緒にいたい」

ポロポロ泣いて震える声のリリアに、痛む身体を無視してキスをする。

今日も明日も明後日《あさって》も、この世界で生きていく。

愛する者たちと生きていく。


「ふふふ、ふふふっ！」

ダンジョンの宝物庫の扉を開ける前から、リリアはウキウキした顔でスキップしていた。

「リリアさん、ウッキウキですねぇっ！」

「だって！　これでご主人様が神に、つまり願いが叶《かな》うのですよ!?　宝物庫の中身なんて微塵《みじん》も興味がありません！」

今回も当然、報酬《ほうしゅう》にあたる財宝が存在する。

だがリリアにとってそんなものは無価値だ。

どれだけ望もうとも本来絶対に手に入らない、種族間の寿命《じゅみょう》格差を埋める奇跡が目の前にある。

「これでみんな一緒に生きていけるにゃ？　みんな長生きにゃ？」

「はい、そういうことですね！　これからもよろしくお願いします、先輩！」

ネムとシオンも喜んでいた。

「もう【禁忌《きんき》の魔本】に頼る必要はないんだな……な、なんか実感するとソワソワしてきた。本当に俺はリリアたちと死ねるのか」

胸の奥から熱いものが込み上げる。

涙腺《るいせん》も刺激され、目頭《めがしら》から自然と涙が零《こぼ》れた。

そして足の力が抜け、マルスは両膝《ひざ》をついた。

「これでリリアを一人にしないで済む……」

「……お前、そんな理由でダンジョンに潜っていたのか？」

ゼリウスが感動で放心したマルスに声をかける。その声は神妙《しんみょう》なものだった。

「ああ。ずっと寿命を操作できる魔法を探してた。人間の寿命のままじゃ、リリアの顔にシワが一つできるまでも一緒にいられないからな。それに、お前がまさにそうだけど、異種族は一人でいると差別される。だから一緒にいたかった」

「ご主人様……」

ポロポロとリリアもつられて泣き出す。

ハズキも涙ぐんでいた。

——大事な人と生きていく。

マルスの新しい人生はそのためにあった。

命を懸《か》けて、どんなリスクを冒《おか》してもその未来を手に入れたい。

こんなファンタジーの世界に来てもその夢は遠かった。

奇跡に縋《すが》ってやっと叶えられるかどうかというほどに難易度が高く見えた。

踏破するたびにがっかりして、寿命を操作することなどできないのではないかと何度もくじけそうになった。

一縷《いちる》の望みに賭《か》ける怖さもあった。

しかし今、その望みが叶おうとしている。

宝物庫に続く黄金の扉が未来を指し示す光に見えた。

「……そういうことなら、このダンジョンの宝はくれてやる。僕の分け前はいらない」

ふん、と吐き捨てるようにゼリウスが言う。

「おうッ⁉　お前にも空気を読むことができるのかッ⁉」

「うるさいな！　ここで分け前を主張したら小さいと思われるだろ！」

オニキスに思いきり背中を叩《たた》かれ、ゼリウスは叫ぶ。

ゼリウスなりのご祝儀だ。

「オレ様もいらんぞッ！　だが条件がある！」

「条件？」

「──オレ様も結婚式には呼んでもらおうッ！」

「そんなことか！　もちろん、来てくれ。飲み切れないくらい酒も用意しておくよ」

むふぅ、と満足げにオニキスは頷《うなず》いた。

「どうだろう、リリア。最後の扉はみんなで同時に開けないか？」

「はい。そうすべきですね。全員で未来に向かいましょう！」

「くぅうっ！　緊張しますっ！」

「わ、わたくしも心臓が口から飛び出そうです！」

「ネムもなんかムズムズするにゃ……」

マルスの提案に全員同意した。

それぞれ思い思いの気持ちがあるようだった。

参加した時期には違いがあるが、気持ちは皆同じ。

仲良く楽しく生きていきたい。

「オレ様とこいつが参加するのは野暮《やぼ》だろうッ。アニキたちが開けてくれ」

「なっ⁉　なんでお前が勝手に決める⁉　僕はこう見えてこいつらとは長い付き合いで、実質仲間みたいなもので──」

「うるさいわッ！　どう考えてもこの絵には邪魔者だろうがッ！」

オニキスはゼリウスを羽交《はが》い絞《じ》めにして持ち上げ、促《うなが》すようにマルスに頷いた。

「いっせーのーでっ！」

そして、最後の扉が開かれる。
冒険はいつか終わるもの。
長く続いた旅路もいつか帰路に変わるもの。
扉を開けながらリリアを見ると、リリアも同じようにマルスを見ていた。
「ご主人様、本当にありがとうございます。愛しています」
「俺こそありがとう。——生まれてきて、本当によかった」
ボロボロ泣きながらマルスは声を震わせた。
——生まれてきてよかったと思える日が来るとは。
全員泣いていた。
誰もが心に傷を持っている。
ここに至るまでいくつも傷を負ってきた。
そんな望む未来を選べなかった者たちがようやく摑んだ未来。
感極《きわ》まらない者などいるはずもない。
黄金の未来に続く扉が開かれる。

◆

「すっげ……」

「《漆黒》は自分の持っていた財宝も全てここに置いたのではないでしょうか……？」

七大ダンジョンの財宝は莫大《ばくだい》だ。

普通のダンジョンでも一生遊んで暮らせるほどだが、七大ダンジョンはそれをあっさり超えてくる。

だが今回はそれ以上だ。

宝の山どころか宝の海。

乱反射する光が眩《まぶ》しくて直視できないレベルだ。

拳大《こぶしだい》のダイヤモンドがこの空間だとゴミ同然の価値しかないと思えるほどだった。

「……こ、声も出なくなりましたっ！」

「ネム知ってるにゃ。これだけあれば毎日アイス食べられるにゃ。しかも二本にゃ！」

「た、たぶん今でも十分そうだと思いますよ！　健康面の問題で一本と制限があるだけで！」

ネムも混乱しきって訳のわからない感想を述べていた。

財宝を見慣れているマルスたちでさえ混乱してしまう量だ。

前回の海底都市クリティアスの四倍以上はぱっと見であった。

「お前、やっぱり分け前が惜《お》しくなってるだろッ？」

「な、なってない！　言いがかりをつけるな！」

「さっき格好つけてもう惜しくなるとは……お前、男じゃないなッ！」

「な、なってないと言っているだろう！」

圧倒された顔で財宝を見ていたゼリウスをオニキスが追及する。

明らかに悔《くや》しそうな表情だった。

実際に目《ま》の当たりにすれば惜しくなる心情はわからないでもない。

そして、ゼリウスとオニキスは案外いいコンビになりそうだなとマルスは思った。


「マルスさーんっ！　だいたい仕舞い終えましたよっ！」

「こっちもそろそろ終わる！」

遠くからハズキがマルスに呼びかける。

宝物庫の中は広すぎて声を張り上げないと聞こえない。

財宝を自分たちの【夢幻の宝物庫】に詰め、世界樹の宝物庫を空《から》っぽにする。

あとは奥にある転移の魔法陣に乗ればこのダンジョンは、そして冒険は終わりだ。

魔法陣の前にはもうみんなが集まっていた。

「あのさ、ここを出る前にもう一度言っておこうと思う」

マルスは一度生唾《なまつば》を飲み込む。

こんな大勢の前で言うことになるとは、と緊張した。

「リリア。それにみんな。――俺と結婚してくれ！」

オニキスやゼリウスに見られながらのプロポーズ。

羞恥はあったが、跪《ひざまず》いて頭を下げる。

顔から火が出そうだ。

何度も結婚しようと口にしたことはあるが、それはやはり夢の延長線だった。

だが今は違う。ここを出れば待ち受ける現実なのだ。

「ご主人様、顔を上げてください」

「マルスさんに頭下げられると変な感じしちゃいますっ！」

「そうですよ」

「にゃあ……マルスにゃん、なんか悪いことしたのにゃ？」

跪いたマルスの手を取り、全員が立ち上がらせる。

リリアはマルスの頰《ほお》に触れ、穏やかに微笑《ほほえ》む。

頰に伝わる暖かさにマルスはこれまでを思う。

いつも、この手に立ち上がらせてもらった。

自分が手を引いて歩いてきたつもりなのに、現実は全く逆だった。

一人ならここまで来られなかった。

月光の下《もと》で出会ったリリアが、太陽の下に自分を引きずり出してくれた。

「私たちは貴方《あなた》のお願いにいつだってこう答えます。──『はい』」

リリアは唇《くちびる》が軽く当たる程度のキスをした。

期待していた反応だがマルスは安堵《あんど》する。

照《て》れ隠しも合わせて笑ってみせると、みんなが同じように笑顔を見せる。

「ありがとう。不束者《ふつつかもの》だけど、よろしくお願いします！」

「ふつつつかものだけどよろしくにゃ！」

「〝つ〟が一個多いですよっ！　ふつつつつっ……あれっ？」

ハズキとネムの二人は言葉の言いにくさで笑い合う。

二人にとって婚約は遠い世界のことのようで、あまり強く実感できていなかった。

そんなやり取りを見て、これからもずっと一緒に生きていきたいとマルスは思った。

「さぁ、帰ろうか」

愛すべき世界が待っている。

どんな黄金よりも綺麗《きれい》に輝く宝は手に入れた。

待ち受ける黄金時代に向けて、一同は手を繋《つな》いで飛び込んだ。

# 第19話

「マルスさんっ！　主役が遅れたらやっぱいですよっ⁉」

マルスの身支度《みじたく》を手伝ってくれているハズキが慌《あわ》てた声で言う。

鏡の中の自分を見て、マルスは不安を感じながらも微笑《ほほえ》む。

こんな日が迎えられるとは、転生当初は思ってもいなかった。

「この服、ヒラヒラしてて歩きにくいにゃあ……さっき走ってたら転んだにゃ」

「ネムちゃん、ドレスで走り回っちゃだめですよっ⁉　──今日は結婚式なんですよっ⁉」

ハズキもネムも純白のドレスに身を包んでいた。

マルスも純白のタキシードを着ていた。

今日は結婚式だ。

もちろん、マルスと関係を持った相手全員とである。

世界樹の麓《ふもと》、今は完全に森に戻ってしまった場所で、みんなの冒険が終わろうとしていた。

この場所はマルスたちの国だ。

小さな小さな、それでも必死に摑《つか》み取った国だ。

「やっぱり少し恥《は》ずかしいな」

「似合ってるわよ。あたしはどう？　久々に会っていきなり結婚式だなんて、ちょっと変な気分よね」

「似合ってる。ホント、みんな似合ってる」

ドワーフの王女、ルチルもウェディングドレスを纏《まと》っている。

世界樹のダンジョンを攻略し、マルスは神の座を得た。

だが文字通りの神ではなく、この世界の基幹部分を再構築する権利を有する者というのが真相だった。

大きく変えたのは五つ。あとは細かいところで多少の変更を加えた。

まずマルスたちの寿命《じゆみよう》を各人の自由にした。

死にたいと心から思ったときまで、いつまででも人生は続く。

肉体の年齢も個人個人で操作できる。

これにより、マルスはリリアと添い遂《と》げることが可能になった。

次に異種族に対する差別意識の根絶。

全《すべ》ての人間と異種族の中にある、差別する、されるといった意識を消滅させた。

今の世界は全ての種族が同列の存在として生活している。

それに伴《ともな》い、ドワーフの国も国交を開始し、技術に優《すぐ》れた製品が飛ぶように売れていた。

そして奴隷《どれい》魔術の消滅。

全ての奴隷は解放され、自分の人生を歩むことが許されるようになった。

もう一つは死霊術とそれに近い魔法をこの世界から消滅させたこと。

また、ダンジョンも復活させた。

序盤までしか潜れない冒険者のために宝箱を設置したり、みんなの意見を取り入れた復活ダンジョンだ。

踏破《とうは》しても一時的な崩壊《ほうかい》で済ませ、しばらくするとまた復活するようにした。

ダンジョンは生きていた。

やはり生物的な特徴を持つシステムで、マルスたちはそのシステムに少し干渉《かんしょう》することでダンジョンを作り変えた。

マルスたちが踏破し崩壊したダンジョンも復活させ、世界中の冒険者たちがまた夢を追い始めた。頂点であるダンジョンが軒並《のきな》みマルスたちに攻略されてしまったから、冒険者は一時期減少傾向にあったのだが、それを解消した。

ノルン大墳墓《ふんぼ》だけは復活させなかった。

死霊術はもうないし、以前のようなダンジョンにはならない。

それに、一族の首長であったノルンとその思い人、そして一時的にマルスたちの仲間だったユリスと、その思い人であるクルーゼの墓だからだ。

彼らの眠りを妨げたくなかった。

今のところ、世界は平和だ。

夢と希望に溢《あふ》れ、たとえ行く手に死が待ち受けていても、多くの人が自分で自分の人生を選ぶことができるようになった。

そしてもう一つ、マルスが神の力に望んだのは――。

「アニキ！　リリアの姐《ねえ》さんが心配しているぞッ！」

「オニキス！　着替え中に入ってこないで！」

「す、すまん、女王様ッ！」

ノックもせずに控室《ひかえしつ》に入ってきたオニキスをルチルが一喝《いっかつ》する。

「オニキス、お前スーツ全然似合ってないな……」

「小さいのだッ！」

黒いスーツは逞《たくま》しい筋肉により今にも張り裂けそうなほどピチピチだ。

ある意味洒落《しゃれ》ているが、やはり似合っていない部類に属する。

「マルス様！　会場の準備が完了してしまいましたよ!?」

シオンが慌てた様子で控室に入ってくる。

こちらもまたリリアが送り込んだ刺客《しかく》である。マルスの様子を探りに来ていた。

「ごめん、ちょっと手間《てま》取っててさ。もうそろそろ行くってリリアに伝えてくれる？」

「わ、わかりましたが……リリア様は耳を真っ赤にしていましたよ？」

「……着いたらすぐ謝る」

結婚前だがすっかり尻《しり》に敷かれている。

年齢もそうだが、まさしく姉さん女房だ。

ほかの妻たちもリリアには敵《かな》わない。

「怒ったリリアにゃんは怖いにゃ！　ネムもさっき会場を走り回ってたら怒られたにゃあ」

「そこが可愛《かわい》いとこだよ。二人きりのとき甘えてくるときなんかもう……」

「ノロケってやつにゃ!?　ネムも見てみたいにゃ～！　前に覗《のぞ》いてたらびっくりするくらい怒られたにゃ」

「確かにあれは見られたら相当恥ずかしい気がする……」

猫撫《ねこな》で声で甘えてべたべたするリリアはマルス以外見たことがない。

普段強気で冷静だからといって、いつでもそのキャラを貫《つらぬ》き通しているわけではないのだ。

弱みを見せられるマルスに対しては少女であり、べたべた甘えていた。

「よしよしっ！　これで完璧《かんぺき》ですよっ！　さぁリリアさんのとこに行きましょっ！」

マルスの髪のセットを終えたハズキが得意げに、そして嬉《うれ》しそうに言った。

普段そのまま下ろしている髪はフォーマルにセットされ、よく知る人物に見られたら少し恥ずかしく思うくらい華《はな》やかな見栄《みば》えになっていた。

移動の途中、マルスはポケットに入れた五つの指輪を指先で確かめる。

「裾《すそ》引きずるほうが可愛いかなって思って長くしましたけど、もう少し短くてもよかったかもですねっ……」

ハズキの作ったドレスは自分で持ち上げないと長すぎて歩きにくいのだ。

「でもお姫様みたいでいいと思うにゃ？　歩きにくいけど結構好きにゃ」

「あたしはそのお姫様だけど、こういうドレスは着たことないわね」

ドワーフの王女だったルチルも文化的にこういった種類のドレスは着慣れていなかった。

しかしみんな満足そうだ。

「やっぱり憧《あこが》れの衣装なので、長ーいので正解ですかねっ！」

裾を摑んでくるりと回り、ハズキは自慢げに振る舞う。

こうしているとみんなどこかのお姫様のようだった。

「じゃあみんな、行こうか」


暗い道を抜けて、明るいところへ。

暖かい木漏《こも》れ日が降り注ぐ場所へと歩いていく。

思えば長く歩き続けてきた。

疲れて疲れて歩くのをやめてしまったこともある。

でも、また歩き始めた。

だから今の自分がある。今のみんながいる。

感慨《かんがい》深い気持ちでマルスはみんなの後ろ姿を見て微笑んだ。

会場裏の控《ひか》えの場に移動すると、耳の先まで赤くして焦《あせ》っているリリアがいた。

「ご主人様！　こんな日に遅刻など……取りやめかと思いましたよ!?」

頰《ほお》を丸く膨《ふく》らませたリリアが、遅れてやってきたマルスの胸を指先で何度も小突《こづ》く。

「ごめんごめん。なんか俺の髪は頑固《がんこ》みたいでさ」

「もう！」

髪のセットが上手《うま》くいかなかったのが遅くなった原因だ。

間に合ったし、まあいいかと、リリアは不満げながらもおとなしくなる。

ウエディングドレス姿のリリアにはまだ首輪があった。

堅牢《けんろう》で厳《いか》めしい首輪だ。

マルスの手から奴隷紋《もん》はもう消えている。

リリアはすでに奴隷ではない。

絆《きずな》の証《あかし》として着けているだけ。

そして、今日は新たな絆を結ぶ日だ。

「では参りましょうか。皆待ちかねていますよ」

リリアに手を引かれ、マルスたちは壇上に登る。

森の広場に机や椅子《いす》などを置いた簡素《かんそ》なパーティ会場には、エルフ、ドワーフ、ハズキの故郷の人々などがいた。

オニキスやゼリウスもいる。

ゼリウスの服装は真っ白なスーツで、まるで新郎の如《ごと》く振る舞っていた。

しかしハズキに邪険《じゃけん》にされ、彼女は本当にもう戻ってこないのだと理解して号泣《ごうきゅう》していた。

式は厳《おごそ》かに執《と》り行われる予定だ。

現代日本の結婚式に近い形式でマルスたちはセッティングした。

「本日はお集まりいただきありがとうございます」

マルスは集まってくれた人々に挨拶《あいさつ》する。

みんなの視線がマルスに注がれる。

「えーと……やっぱりこういうのは柄《がら》じゃないな」

人生における晴れ舞台でもマルスの小市民ぶりは変わらなかった。

緊張して顔が強張《こわば》ってしまう。

前世での人生経験のなさを痛感する。

「わたしたち結婚しますっ！」

「するにゃ！」

ハズキとネムがいつものように明るく挙手する。

「ああ、もう……式がぐちゃぐちゃぐちゃになったではありませんか！　せっかく頑張って準備したというのに！」

リリアは頭を抱えて落ち込む。

王族であるリリアやルチルは形式にこだわっていたが、庶民《しょみん》は結婚式など挙げないため、ハズキたちは全くこだわっていなかった。

会場からは笑い声が響く。

「いいではありませんか、リリア様。わたくしとしては、この方が皆さまらしいなと思いますよ？」

「シオン……このドタバタが肌《はだ》に馴染《なじ》むのはわかりますけれど！」

せめてこんな日くらい……とリリアは嘆《なげ》いた。

「ルチルちゃん、一緒にこの世界をもっとよくしよう」

「ええ。おかげで人間たちと協力できるようになったからもっと技術を伸ばすわ」

結婚式の場には少し似つかわしくない言葉を交わし、ルチルの指に指輪を通す。

その瞬間はルチルも緊張して顔を赤くしていた。

「ネムちゃん、やりたいこと全部やろうな」

「夢は全部叶《かな》えるにゃ。そしたらまた新しい夢探して、また叶えるにゃ！」

明るい笑顔でネムは指輪を受け入れる。

ネムにとって結婚はステージが変わったという認識で、ほかの面々ほどの緊張はなかった。

しかしそれでも嬉しいものは嬉しく、指でキラキラ輝く指輪を太陽にかざして見る。

親指にはもう一つ、シルバーの指輪。

亡くなったユリスの形見《かたみ》だ。

どうしてもこの場に同席させたいのだとネムが言い、マルスが快諾《かいだく》した。

本当ならばこの場にいてほしかった。

「シオンさん。いつもみんなの面倒《めんどう》を見てくれてありがとう。きっといい母親になれるよ。ま、まぁ俺もいい父親にならないといけないけどね」

マルスは少し戸惑《とまど》い、頭を掻《か》いた。

どうしてもそのイメージからお母さんだと思ってしまうが、シオンの夫は自分だ。

言葉選びを間違えた気がする。

「はい。わたくしはみんなのお母さんになります！　存外《ぞんがい》、性《しょう》に合っているようでして！」

薄目を開いて、シオンは穏《おだ》やかに口元を緩《ゆる》めた。

「ハズキちゃん、君にはこれまで何度も助けられた。心も身体《からだ》も。今後も迷惑かけることがあると思う。それでも一緒にいてくれる？」

「もっちろんですっ！　だって、それがわたしの選ぶ人生ですからっ！」

本当に嬉しそうにハズキは笑うようになった。

出会った頃に比べてハズキは強くなったと思う。

怯《おび》えることも口ごもることもほとんどなくなり、自分の意思を口に出せるようになった。

結婚するというのに、娘の成長を見ているような気がして、少し泣きそうになる。

「リリア――」

「私に言葉は要《い》りませんよ。――これからの人生でたくさん聞かせてもらいますから」

マルスの頬に手を触れ、リリアはそっと顔を近づけキスをする。

公衆の面前でのキスは恥ずかしい。

しかしそんなことが気にならないほど胸がいっぱいだった。

「これを」

リリアが差し出したカギをマルスは受け取る。

彼女の人生をこれまで縛《しば》ってきた首輪の錠《じょう》を開けるためのカギだ。

新しい扉を開けるカギに思えた。

重苦しい首輪を外し、代わりに指輪を渡す。

すっきりした首元を触り、リリアは少し寂《さび》しそうな顔をした。

そして今度は左手の薬指を見る。

「ご主人様」

「そのご主人様ってのももういいよ？　リリアは奴隷じゃない」

「いいえ。続けますよ。これまでは奴隷としてのご主人様でしたが、今後は、妻としての〝ご主人様〟ですから」

そしてもう一度リリアはキスをした。

ふふふと笑うリリアを担《かつ》ぎ上げ、マルスはお姫様抱っこをする。

リリアは参列者に手を振っていた。

「みんなで写真撮りましょう！　最新型を持ってきたから！」

「いいですねっ！」

ルチルがドワーフの最新技術で作ったカメラを見せた。

マルスたちはその日だけで数百枚の写真を撮った。

これからもたくさん撮る。

思い出は山ほどできていくから。


彼らの人生は続く。

これからもずっと続く。

季節が変わっても、年が変わっても、時代が変わっても。

望む死が二人を、みんなを分かつまで。


人生は死に向かう長い旅路だ。

始まりが望むものでなかったとしても、終わりは選べる。

生まれた段階で様々な鎖《くさり》に縛《しば》られていても、人は運命の奴隷ではないのだから。

どれだけ迷ってもいい。

明けない夜がないように、迷って迷って迷い続けても、出られない迷宮はないのだから。

# エピローグ

黒髪の少年が広大な森を彷徨《さまよ》い歩いていた。

今年十歳になったばかりの少年である。

その森は世界樹と呼ばれる巨木のそばにあり、大人たちに近づいてはならぬと厳しく言われているところだ。

魔物だけでなく、古《いにしえ》の魔人たちがいる場所だと少年の村には伝わっている。

一度立ち入れば生きて帰ってこれない——。

街の子供たちがする度胸《どきよう》試しで少年はやってきて道に迷った。

「ここ、どこ……」

鬱蒼《うつそう》とした森の中は不気味で、木陰《こかげ》から得体《えたい》の知れない者が自分を見ているような気がした。

ザワザワと風が木の枝を揺らす。

そのたびに少年は震えてしゃがみ込み、何度も何度も泣いた。

どちらに行けばいいのかわからない。

前後左右どちらに行っても抜けられる気がしない。

空にも陰《かげ》りが出てきて夜が近いのだと少年は察して恐怖した。

夜の森は慣れた者でも危険な場所だ。

もし迷ったらその場所を動くべきでないと少年は知っていた。

木のうろの中でしゃがみ込んで体を小さくする。

もう二度と家には帰れないのだと絶望した。

父も母もきっと心配している。

今日の夕飯は少年が好きなシチューだと言っていた。

——お母さんのご飯、食べたいな……。

母の笑顔を思い出すとまた涙がこみ上げてくる。

こんな暗い森じゃなく、暖かい我が家に帰りたい。

その時、ガササ、と枝が大きく揺れる。

風のせいで起きた現象ではなく魔物によるものだと判断し、少年は命を諦《あきら》めかけた。

「にゃあ？　ちっこいのがいるにゃ」

木の上から飛び降りてきたのは青みがかった銀髪の女。

頭には猫の耳がついていて、しっぽが生《は》えていた。

すらりと伸びた手足は大人のもので、少年がこれまで見てきた中で最も美しいと思える大人の女性だった。

「髪が黒い人間……でもハズキにゃんの子供じゃないにゃあ。見たことないにゃ。街の子かにや？」

にゃああ……と喉《のど》を鳴らし、しっぽを振ってその女性は困った顔で少年を見ていた。

大人の女性なのに、話すと少し子供っぽく見える。

「迷ったのにゃ？」

「は、はい……」

「送っていくにももう夜だしにゃあ……連れて歩くのも難しいにゃ。仕方にゃいから今日はうちに来いにゃ」

女性はしゃがみ込んで、少年に背中に乗るよう促《うなが》した。

喋《しゃべ》る魔物で巣に連れ込もうとしているのではと恐怖を感じたが、他に選べる選択肢《し》がない。

この森に一人でいる恐怖のほうが大きく勝る。

少年は素直に彼女の背に乗った。

「しっかり摑《つか》まってにゃ？」

女性は少年を乗せたまま樹上に跳《と》んでいく。

枝から枝に飛び移り、凄《すさ》まじい速度で進む。

女性の髪から漂う甘い匂《にお》いと温かい体温に少年は今日初めて安心した。

しばらく進むと、森の中の集落のような場所に到着する。

想像していた森の小屋のような家とは違い、大きな街だった。

少年の住む街よりも先鋭的で、ここが森の中だとはとても思えない。

入口の門のそばには謎の青年像がある。妙によくできていた。

横には女性たちの像もあり、よく見れば少年を背負う猫耳の女性らしきものも並んでいた。

ただ、実物と比べればかなり幼《おさな》い時期のもののようにも見えた。

集落を囲むように川もあった。

しかし潮《しお》の匂いも漂っていて、それが海なのだとわかる。

その海からは穏《おだ》やかな歌声がする。少し眠気を誘う歌声だった。

「あらあら。今日の宝探しの収穫はその少年ですか？」

門のそばの海からピンク色の髪をした女性が現れる。

猫耳の女性とは違い、温和な空気が漂う女性だった。

突如《とつじょ》水の中から上がってきたから少年は心底《しんそこ》驚いたが、猫耳の女性は全く驚いた様子を見せなかった。

よく見れば女性の下半身は魚のもので、それがおとぎ話に聞く人魚だと気づいて声が出なくなった。

他にも小さな人魚たちが何人もいる。彼女の子供のようだった。

この森に住むと言われている古の魔人たち。

彼女たちはその魔人だと、少年は気づいた。

「今日はこのちっこいのだけ拾ったにゃ。あとは子どものおもちゃのドングリだけだにゃあ」

「そんな日もありますよ。先輩、わたくしもそろそろ子どもたちを連れて行きますとリリア様に伝えておいてくださいますか？」

「わかったにゃ」

何が何やらわからず少年がうろたえていると、猫耳の女性は少年を背負ったまま集落の中に入っていく。

集落の中にはたくさんの家があり、至《いた》る所に子供がいた。

耳の長い綺麗《きれい》な子供、少年と同じく黒い髪をした子供、女性と同じく猫耳やしっぽの生えた子供。

同様に、様々な種族の大人たちもいた。

街は明るく賑《にぎ》わっていて、何かの祭りでもあるのかと考え、少年は自分がその祭りの生贄《いけにえ》になるのではと震えた。

「あれは……何ですか……？」

「ルチルにゃんたちが作った遊び場にゃ。速くてお腹《なか》がひゅんってなる乗り物にゃ。朝になったら乗ってもいいにゃ。夜は危ないからにゃあ」

少年が見ていたのは集落の外れにある巨大な建造物。

現代で言えばジェットコースターである。

類似《るいじ》したアトラクションが集落のあちこちにあった。

森の中の街なのに、少年の住む場所では見たこともない機械があちこちにある。

「あれは……？」

「あれはラーメン屋にゃ。さっき会ったシオンにゃんがすっごいこだわってる店にゃ。ネムは熱くて苦手だけどにゃあ」

少年はごくりと喉を鳴らす。

漂ってくる匂いが食欲を刺激し、空腹だったことに気づいた。

「食べてみたいのかにゃ？　あれは街では食べられないだろうからにゃあ。世界中でここだけだと思うにゃ？」

「で、でもお金持ってないです……」

「一杯くらいタダで食べさせてもらえるにゃ。ここの基本は助け合いだからにゃあ。代わりに何かお手伝いすればいいのにゃ」

にゃはは、と女性は笑う。

さっき魔物だと思ったことを謝りたくなるほど、女性は優しかった。

自分のようなはぐれ者相手に優しくしてくれる。

少し泣きそうになった。

街の中は見れば見るほど不思議に溢《あふ》れていた。

見たこともない食べ物を出す店がたくさんあり、見たこともないおもちゃを売っている店もある。恐怖は反転して興味に変わった。

「あれれっ⁉　うちの子じゃないですねっ？」

「森で拾ったにゃ。明日明るくなったら街に送っていくにゃ。夜の森を連れて歩くのはしんどいし、街で説明するのもめんどくさいしにゃあ。今日は泊めてやるにゃ」

今度は黒髪の女性が話しかけてくる。

大人だと思うが、どこか子供っぽい顔つきの女性だ。

片方の目が髪に隠れていた。

「かーわいいっ！　お腹空《す》いてませんかっ？　これからみんなでご飯なので一緒に食べましょっ！　何か食べたいお店ありましたかっ？」

少年の頬《ほお》がつんつん指でつつかれる。

ほっぺたの柔らかさを楽しんでいるようだ。

嫌ではあったが嫌悪を感じるほどではなかった。

この女性が優しく温和だから、あまり怖さを感じなかったというのもある。

やたらと包容力があるように感じた。

お腹は空いていた。一日中、森の中を彷徨っていたのだから当然だ。

先ほどラーメンの匂いを嗅《か》いだせいで余計に空腹である。

「こいつお腹鳴ってるにゃ」

「じゃあ一応リリアさんたちに見せてからご飯にしましょうかっ！　わたしは今日は何食べようかなぁっ！」

「お、降ります。自分で歩けます」

お腹の音を聞かれ、途端《とたん》に恥《は》ずかしくなって猫耳の女性の背中から降りる。

二人に先導されて少年は歩き出した。

少し歩くと、他のより少し大きな家の前にたどり着く。

この集落の長《おさ》の家だろうと少年は感づいた。

「リリアさーんっ！　ネムちゃんが人攫《ひとさら》いしてきましたよーっ！」

「攫ってないにゃ⁉　迷子にゃ！」

玄関を無遠慮に開けて、黒髪の女性は大きな声で住人を呼ぶ。

カギはかかっていないどころかそもそも付いておらず、少年は少し違う価値観に驚いた。

「そんな声を張らなくても聞こえていますよ。ネム、人攫いはだめです」

「変なとこだけ聞こえてるにゃ⁉」

「ちゃんと全部聞いていましたよ。迷子だったのでしょう？　――この子ですか」

金色の髪をした美しい女性が階段を下りて少年を見据《みす》える。

耳が長く、真っ白な肌《はだ》が目を引いた。

本の世界から抜け出てきたような綺麗さで、少年は思わず呼吸するのを忘れてしまう。

少年を見定める視線に、少しだけほかの女性よりも怖さがあった。

しかし女性は優しく微笑《ほほえ》んで少年の頭を撫《な》でる。

こちらもまた怖さなどない人物だった。

「何やら最近、街の子供たちが度胸試しで森に入って来ているようなのですよね。おそらくこの子もそうでしょう。街の住民には、この森は危ないのであまり立ち入らないようにと言ってあるのですが……」

「でもそれって百年くらい前じゃなかったでしたっけっ？　たぶん、今ではちょっとした怖い話みたいになっちゃってると思いますよっ？　移住者もしばらく来てませんしねぇ。昔は迷い込んだ人が帰りたくないって住んでくれたのにっ」

——百年前？　この人たち、何歳？

少年がこの森について知っていることを話す。

ここは魔の森。生きて帰れないと聞いた。

彼女たちは古の魔人と呼ばれていること。

少年が女性たちの話を聞いている限り、帰ってこない人たちは自発的にここに移り住んでいたらしい。

こんなに色々な物がある豊かな場所なら、帰りたくなくなる気持ちもわかる。

街にある物のほうが少ないだろう。子供だってそれくらいの格差は理解できる。

「ほらほら、やっぱりっ！　都市伝説系女子になっちゃってますよっ!?」

「ど、どこかでもう一度説明に行かねばなりませんね……」

「説明責任は大事だってルチルにゃんも言ってたにゃあ」

目もくらむような美女たちが何やら相談していた。

この街は変だ。

美男美女ばかりだし、この人たちに至ってはまるで寿命《じゅみょう》がないかのような振る舞いだと少年は再び恐怖した。

「ん、何騒いでんの?」

「ご主人様。ネムが子供を拾ってきたようで。それと、私たちの存在が街で都市伝説化しているようです」

「マジか。ホラー扱いされてるのはちょっと嫌だな」

階段を下りて来たのは黒髪の青年だ。

青年は少年を見るなり目を丸くした。

まるで知っている顔に突然出会ったような反応だった。

「――君、友達はいる?」

「は、はい。今日も友達と遊んでて、はぐれて……」

「そうか。そうか……」

まるで遠い昔に亡《な》くした家族でも見るように、青年は泣きそうな顔で笑う。

泣きそうなのに嬉《うれ》しそうだった。

「みんなには言ってなかったけどさ、俺、神になったときにもう一個だけ願ったんだ。もう一度生まれ変わったら、今度は幸せになってほしい奴《やつ》がいてね」

青年は少年の顔を見てまた笑った。

「この世界は好き?」

「?　はい。お父さんもお母さんも優しいし……楽しいです」

青年の質問は抽象的でよく理解できなかった。

しかし青年は少年の答えに満足そうに頷《うなず》いた。

「今日の夕飯はラーメンにしようか。急にそんな気分になったよ」

「ご主人様、もしかして、この少年は……」

金髪の女性が少年を驚いた顔で見る。

「きっとね。——改めて、この世界へようこそ。俺と親友になってくれるかい？」

青年は握手を求めてくる。

大きくて温かい手だった。

不思議と、懐《なつ》かしい気がした。

# おまけ　賑やかでありふれた平和

世界樹のダンジョンを攻略してから二年が経《た》った。

切り拓《ひら》いた森はまだ街とは言えない状態である。

マルスたち以外は誰も住んでいないからだ。

家もみんなで住んでいるものと小屋が二軒しかない。

一軒はドワーフのルチルが設置したもので、中にはマルスが希望した工具類が詰まっている。

ルチルは女王としての役割が残っているため現在はまだ住んでいない。

時々やってきて一緒に過ごす、通い妻の状態だ。

それでもみんなで摑《つか》んだ平穏《へいおん》な日々は楽しく、また、様々なイベントも起き続けている。

退屈することはなく刺激に溢《あふ》れた日々だ。


そんな平和なある日のこと、マルスはみんなの行動に違和感を覚えていた。

「ここ最近、みんなにちょっと避けられてる気がする」

赤ん坊を抱っこしながらマルスは呟《つぶや》いた。

あうあう、と言葉にならない言葉で赤ん坊は応《こた》える。

「森でなんかやってるみたいなんだよな……煙出てるし。シオンさんもいるから火事はないと思うが……」

金色の髪に人よりも少しだけ長い耳をした赤ん坊は、マルスとリリアの子だ。

自分よりリリアに似ていて少し安心した。

ほかの面々との子供はまだである。

それというのも、世界樹のダンジョンで子作りに励《はげ》んだものの、実際に妊娠まで至《いた》ったのはリリアだけだったのだ。

そして一番最初に産みたいと言ったリリアを尊重し、ほかの面々はこれまでと同様に避妊していた。

現実的に、いきなり複数の子供の世話は難しいという事情もある。

子供は生後半年ほど。

リリアの妊娠期間は人間より少し長かった。

しかし生まれた後は普通だ。エルフの子供ならもう少し成長速度は遅いが、マルスの血が混じり成長速度は人間並み。

ちなみに、性別は女の子だった。

全員の愛情を一身に受け、すくすく成長している。

みんな自分の子供のように可愛《かわい》がっていた。

ハズキなどは毎週新しい服を用意しているほどだ。

子供の時代しか着られない服のアイデアが山ほどあったらしい。

「もうちょっと育児に協力しろってことかな……？　ルリ、お母さんはなんか言ってなかった？」

リリアは不在だ。

いつも二人付きっきりで世話しているわけではなく、こうしてマルスだけ、リリアだけのタイミングは存在する。

何らかの職業に就《つ》いているわけではないが、ある程度自給自足生活をしているためやることは多い。

薪《まき》に使う木の伐採《ばっさい》や、果物などの採取、移住者を受け入れるための建物作りや街への買い出しなど、暇《ひま》することはないほどたくさんの仕事がある。

それに乳幼児を連れて一緒に森に入るなど危険すぎるから、どちらかが必ず家にいるのだ。

ここ最近は授乳の頻度《ひんど》が減ったこともあり、リリアにも多少自由な時間ができていた。

「あむ……」

マルスの人差し指を握り締め、赤ん坊――ルリは不機嫌そうにむくれていた。

リリアとマルスから一文字ずつ取った名前だ。

最初はかなり長い立派《りっぱ》な名前を付けようとしていたリリアを説得し、この名前になった。

出がけにミルクをもらったこともあり眠いのだろうと推測《すいそく》できた。

話しかけられてうるさいのかもしれない。

「一応頑張ってるつもりなんだけど、やっぱり足りない？」

赤ん坊がまともに会話などできるわけがないとわかっていても、マルスは話しかけ続ける。

その小さな頼りなくて柔らかい身体《からだ》を抱いていると、無性《むしょう》に込み上げてくる感動があった。

可愛くて可愛くてたまらない。

そう感じると、もっともっと話しかけたくなる。

なんとなくそうなる気は自分でもしていたが、マルスはかなり親バカだった。

マルスは育児にかなり協力的で、食事や排泄《はいせつ》はもちろん、寝かしつけやお風呂などを喜んでやっている。

これまでしていたみんなの食事作りなどの家事も続けている。こちらは半分趣味でもあった。なので冷たくされるような覚えはない。

夫婦生活だって毎日しているし、大富豪であるから困窮《こんきゅう》することもない。

だが現実に避けられているのは事実で、マルスは原因を探っていた。

理不尽に避けるような面々でないことはこれまでの付き合いで十分理解しているから、きっと何か理由があるのだ。

「考えてみれば、俺、リリアとあんまり喧嘩《けんか》したことないんだよな。最初の頃はリリアが冷たかっただけで、喧嘩をしたわけじゃない。注意されることはたくさんあるけど。夫婦になったら色々あって普通か……ちょっと楽しみだな、喧嘩も」

子供の頭を撫《な》でてマルスは微笑《ほほえ》んだ。
プラスもマイナスも楽しい。
時には喧嘩するのもいいだろう。
そういう人間的な関係性を自分が築けていることに喜びがあった。
「にしても、避けられるのはちょっと傷つくな。誰かに聞いてみるか……となれば」
子供がぐずりそうな気配を感じ、マルスは抱っこして立ち上がる。
そろそろ食事の時間だ。
離乳食を与えようと思い、マルスは抱きかかえたままリビングへ向かう。

「またあのグチャグチャのゴハン食べさせるにゃ？」
ソファーではネムが本を読んでいた。
十八歳の年頃を迎えたネムはすっかり成長している。
まだ子供じみたところは残っているが、身体的にはかなり大人びていた。
身長は伸び165センチほどもある。もうハズキよりも大きくなった。
伸びたのは手足ばかりなのもあってスタイルも抜群《ばつぐん》だ。
しかし中身はそれほど変わっていない。
悪戯《いたずら》好きな子供じみた性格はそのままである。
マルスは離乳食作りのためネムに子供を預けることにした。

そしてマルスがその作業を始めると、ネムは子供を抱っこしながら彼の手元を覗き込んできて苦い顔をする。

離乳食はネムから見れば良くて残飯、悪く言えば吐瀉物《としゃぶつ》のような食べ物だ。

「味もあんまりないし、もっと美味《おい》しいの食べさせてあげればいいのににゃあ……マルスにゃんは自分の子供嫌いなのかにゃ？」

「いやいや、そんなわけないでしょ！　まだ歯《は》も生え始めたばっかりだし、味も濃いのはダメなのさ。これでも子育て本はかなり読み込んだからね」

マルスは自信ありげに言う。

市販されている本はたいてい読み込んだ。

一般家庭にも訪れ、各家が持っている子育て用のマニュアルノートなども写させてもらった。

教育などを踏まえた総合的な子育てはともかく、この世界では予防接種などないし、健康面では万全《ばんぜん》を尽くしたかったからだ。

そこに現代知識を合わせた子育て環境を整えた。

「見た目は確かに良くないけど、栄養バランスはバッチリなんだよ、これ。少しずつ慣らしていって乳離れさせてあげないとね」

「赤ちゃんは大変だにゃあ……早く大きくなれにゃ？」

しっぽを赤ん坊の前に出し、小刻《こきざ》みに揺らしてあやしながらネムは心配そうな顔をした。

ネムのしっぽや耳は天然のおもちゃだ。

赤ん坊が喜ばないはずがなかった。

そんなに離乳食はマズそうなのか……とマルスは見た目にもこだわることにする。

「ところでネムちゃん、ここ最近なんか俺を避けてない？　ほかのみんなも」

そして、料理の合間に何気ない素振りをしながら聞いてみる。

「にゃ、にゃあ～？　別に何も隠してないにゃ？」

耳は落ち着きなく動き回り、しっぽも振り回される。

目が泳いでいた。

あからさまな動揺に、マルスはネムに質問して正解だったと確信した。

ネムは嘘《うそ》が吐けない。

何か隠しているんじゃないか、なんて質問していないのに、ネムのほうから言ってきたくらいだ。

「――何か隠してるの？」

「そ、そんなことないにゃ？　最近みんながいないのは森で……お、鬼ごっこしてるからにゃ！」

――いくらなんでも下手すぎる嘘だ。

そう思ったが、リリア以外は案外喜んで参加しそうではある。

常時足を生やせるまで回復したシオンは走ったりするのが好きだ。

ハズキは単純にノリがいい。

リリアだけは参加しそうにないが、ハズキが強く押せばきっと嫌々ながら参加する。

「今日はネムちゃんは行かないの？」

「ネ、ネムはあれにゃ、マルスにゃんがどっか行こうとしたら、急いでみんなに教える役目だからにゃ。何も隠してないにゃ？」

直後、「あ」とネムは余計なことを言ったことに気づいた。

「監視じゃないか！　マジで何やってんの⁉」

「マ、マルスにゃんが見たらダメなやつなのにゃ！　もうちょっと待つにゃ！」

どうやら監視役としてネムは家に残っているようだ。

理由はわからないが確実に、そして計画的にハブられているのは確か。

しかし本気で隠すつもりがあるのかは疑問だ。

本気で隠したいことならばネムを監視役にするはずがない。

問い詰められたらこのようにすぐバレてしまうのだから。

リリアがそんな間の抜けた選択をするわけがないのだ。

つまり、何か隠していること自体はマルスに知られても構わないということ。

となるとますますわからない。

隠しきる気がない隠し事は謎だし不気味だ。

ただ別にリリアたちが家事や育児をサボってるわけじゃない。

あくまで余暇《よか》を利用して何かしているだけだ。

だからあまり強く聞き出すのも違うかもしれない。

マルスに知られたくないことの一つや二つあるだろう。

こうした際に人生経験の薄さを痛感する。

どうしたらいいのかわからなかった。

「ふぃぃー！　木を切るって疲れますねぇっ！」

ぱたぱたとシャツの襟元《えりもと》を動かし、服の中に風を送り込みながらハズキが家に入ってくる。

ちょっと筋肉ついたかも、と力こぶを見ていたが、筋肉らしいほどの膨《ふく》らみはなかった。

ネムと違い、二十歳《はたち》を越えてもハズキはあまり見た目の変化がない。

どうやら容姿は出会った頃にはもう完成形に近かったようだ。

「そんな重労働なら俺に言えばいいのに」

「えっ、マ、マルスさんのお手を煩《わずら》わせるわけには……」

「そんなキャラだっけ!?　割と色々言ってくるタイプだろ!?」

目を泳がせながらハズキは遠慮がちな発言をした。

やはり何か隠している。

ただハズキやネムの反応を見ている限り、何か悪意のあるものではなさそうだ。

「と、ところでっ！　二人ともお昼ご飯は食べましたっ!?」

強引な話題の転換だったがマルスはツッコまない。

——みんな、嘘下手すぎじゃないか……？

「まだにゃ。ルリと一緒に食べるにゃ」

にゃー？　とネムが赤ん坊をあやす。

すっかり歳《とし》が離れた妹が生まれたお姉さんの顔だ。

「食べたいものがあれば作るよ？　こっちはもうそろそろ作り終わるからさ」

ネムがルリを子供用に作った椅子《いす》に座らせ、前掛けをつけてあげて食事の準備をする。

マルスとリリアが両親で子育ての中心だが、いつか自分の子供ができたときのためにもみんなが協力してくれる。

「脂《あぶら》っこいものがいいですっ！」

「元気だ……というか、朝出る前に弁当持ってかなかったっけ？」

「あー、先に食べちゃったんですよねぇっ……リリアさんとシオンさんは今食べてますけどっ」

我慢《がまん》できずに歩きながら食べ、軽く休憩《きゅうけい》をとった時に全部食べてしまった。

ハズキは我慢するつもりがなく、昼は最初から家に帰ってくるつもりだったのだ。

「それで、みんな何してるの？　木を切るような用事ってあったっけ？」

「あ、あれですよっ！　その……木を切るだけみたいなっ⁉」

「拷問《ごうもん》かな⁉」

あたふたするハズキ。やはり思った以上に嘘が下手だった。

自覚はあるようで、ハズキはすぐに態度を変える。

懇願《こんがん》するように手を合わせて頭を下げた。

「あと二日！　明後日《あさって》までは何も聞かないでもらえるとっ……！　できれば森にも行かないで家に籠《こ》もってもらえるともっと助かりますっ！」

「まさかの禁固二日！　ま、まぁよくわかんないけど、事情があるならそうしよう。どっちみち子供から目を離せないし、子連れで森は危ないから」

何でも知っている関係も悪くないが、マルスは小さな秘密を抱え合う関係も好きだ。

もちろん、悪意がある秘密は嫌だけれど。

あと二日でわかるのならそうしようとマルスは決めた。


外から戻ってきたリリア、シオン、ハズキは汗《あせ》や土などで薄汚れていた。

一体何をしているのか……少なくとも、マルスが心配するような浮気などの事態ではないことだけはわかる。

どちらかと言えば、危ないことをしているのではと不安になるタイプの隠し事だろう。

「ただいま戻りましたよ、ルリ」

自身の手の汚れが気になるのか触りはしないが、とても穏《おだ》やかな顔でリリアは子供に帰宅を告げる。

まさに母の顔だ。

母性にも慈愛《じあい》にも溢れている。

ルリのほうも母の帰宅を喜び、きゃっきゃと嬉《うれ》しそうに笑う。

ぎこちないゆっくりとした動きが逆に可愛く思えた。

全員がそんな穏やかな光景に口元を緩ませる。

「かっわいいですねっ……このムチムチ具合がもうズルいっ！　こんなの可愛いに決まってるじゃないですかっ！」

「ふにふにのハムみたいだにゃ？」

ハズキとネムはルリのふくよかな腕をにんまりとしながら触る。

「ハ、ハム！　私たちの子供をハム呼ばわりですか⁉」

「ま、まぁ怒らないで。ちょっと言ってることもわからんでもないし」

顔を赤くするリリアをマルスが諫《いさ》める。

「マルスまで！　い、言わんとすることはわかりますが……むにむにしてますし。え、私たちの子供可愛すぎ……私が生んだのは天使だった……？」

怒りよりも母性が勝ってきたようだった。

頰《ほお》を赤らめ、うっとりした顔で軽く手を振り反応を楽しんでいた。

リリアもまた親バカだった。

「こ、この子やっぱりリリアさんの子ですねっ！　見てください、このわたしを見る冷たい眼《め》っ！　めっちゃ見覚えあるんですけどっ！」

きゃー！　っとハズキは心底《しんそこ》楽しそうにハシャぐ。

ルリは見事なジト目でハズキを見ていた。

おそらくは偶然なのだろうが、早くもハズキの立ち位置を把握《はあく》しているかもと思うと、我が子ながら末恐ろしい。

マルスも自分の子である前にリリアの子だなと思っていた。

「愛らしいのにトゲはある……リリア様そっくりですね」

シオンが納得したように頷《うなず》く。

見た目も態度も温和だが言葉にトゲがあるのはシオンも同じだ。

正直で素直なのが原因で、トゲが柔らかいからあまりダメージはないのが救いである。

「さ、みんなお風呂入っておいで。ルリはさっき俺が入れておいたから」

「いつもありがとうございます。前から好きでしたが、今はもっと好きですよ？　子供もちゃんと見てくれて」

「俺の子供だからね。当然だよ」

家事育児に協力的なほうがいいに決まっている。

打算もないわけではないがマルスは心からそう思っていた。


——そして、二日後はやってきた。

「ま、まだ先なの？」

「はい。もうそろそろ着きますよ」

目隠しをされたマルスはリリアに導かれ、森に連れ込まれた。

しかし足場はそれほど悪くない。

ここ最近、何かの作業をしていたらしいリリアたちが簡易的に整備したのだろう。

一体どこに連れて行かれるのか。

少し不安だが黙ってついて行く。

「マルス様、こちらです」

続いてシオンもマルスの手を取る。

少し遠くからネムの笑い声も聞こえた。

どうやらよちよち歩きのマルスがツボに入ったようだった。

そしてマルスは椅子に座らされる。

誘ったのがリリアたちでなければ何かしらの拷問でもされそうな状況だ。

「さぁ！　主役の到着ですよ！」

するすると目隠しが外され、光に目が慣れた頃に状況がようやく把握できた。

「「「ご主人様♡　お誕生日おめでとうございますっ！」」」

「そういうことだったのか……！」

目の前の光景にマルスは最高の笑顔を見せた。

森の中にあったのは、円形に作られたテラス。

木々の隙間《すきま》から日光が注ぎ込み、幻想的な雰囲気《ふんいき》だ。

そんな空間に様々な飾り付けがされていた。

置かれたテーブルの上には大きなケーキやご馳走《ちそう》が並んでいる。

リリアたちは誕生日サプライズパーティの用意をしていたのだ。

「おめでとうにゃ！」

「おめでとうございます。ここ最近、隠し事をしていたのはこの準備のためでした。去年は産まれてくる子供のことなどで忙しくてできませんでしたから、今年こそ特別にお祝いしたいなと」

ぺこりと頭を下げて全員が謝る。

「ホントは隠し事ってどうかなぁってみんな言ってたんですけど、知られちゃうとマルスさん手伝っちゃいそうだよねってなりましてっ。わたしたち普段マルスさんに頼りっぱなしだから、誕生日のお祝いくらいは自分たちだけでやりたいなってっ！」

「このケーキもみんなで作ったにゃ。上に載《の》ってるマルスにゃん人形はネムが作ったやつだけどにゃ？　よくできてると思わないかにゃあ～？」

ネムは得意げに近寄ってきて褒《ほ》めてほしそうな顔をする。

砂糖で作ったマルスの人形は本当によくできていた。

マルスは耳をぴこぴこ動かすネムの頭を撫でた。

「すごい、すごい……」

「感動しちゃいましたっ？」

「するよ、そりゃ……」

涙ぐみそうになってしまう。

「日頃の労《ねぎら》いも兼《か》ねているのですよ。もちろん、お祝いも感謝も込めて」

驚くマルスに微笑みながらシオンが言う。

「プレゼントも用意してありますよ。気に入っていただけると嬉しいですが……」

リリアの声かけに合わせ、みんながそれぞれプレゼントを持ってくる。

ネムのものだけは隠しきれるサイズでなく、何を持ってくるかすぐわかった。

「ではまず私から。贈り物となると非常に迷いまして……何か記念になる物がいいかと思いつつ、やはり日常的に使える物や消え物のほうがいいかなとも迷い……結果がこれです。どうにもプレゼントというのは難しいですね」

少々自信なさげにリリアが渡してきたのはマグカップ。

色々迷って無難なものに落ち着くというのは非常にリリアらしくて、喜びとともに笑いも込み上げそうになった。

「もしかして手作り？」

マグカップは少し歪《いびつ》で、描かれている模様も職人がつけたのと比べれば出来はそれほど良くない。

だからリリアの手作りなのだろうと察しはついた。

「ええ。窯《かま》を作りましたので、ほかの食器も焼けますよ。窯のほうもプレゼントです。この場所自体、今後皆で過ごせればと思い作りました」

木を伐採し、小さな物置なども置かれた落ち着いた空間だ。

晴れた日にお茶でも飲みながら読書などすると、とても気分が良さそうな場所だった。

「ありがとう！　使わせてもらうよ！　陶芸に興味あったんだ！」

「そしてその模様は健康を祈ったものです。小さい頃に見たっきりなので正しいかはわかりませんが……来年も同じようにお祝いできればと思い、入れさせていただきました」

ほんのり照《て》れを見せてリリアは笑う。

リリアが作ってくれたものというだけで嬉しい。

「実はですねぇ、何回も作り直してるんですよ、そのカップっ！　わたしもやってみたけど、食器作りって難しいんですよねぇっ」

「そうなの？」

「ま、まぁ、十から先は数えていませんね……」

隠していた失敗を暴《あば》かれ、リリアは恥《は》ずかしそうにしながら目を細めてハズキを睨《にら》む。

「ネムはこれにゃ！」

楽しげな声で指さした先にはマルスの木像があった。

「すごっ！　え、めっちゃ似てる」

「本当は銅像にしたかったんだけどにゃあ……粘土《ねんど》が足りなかったにゃ。みんなのも作って、街の入り口に飾ったらいいんじゃにゃいかにゃ？」

「シンボル的なやつか……良さそう。若い時こんな感じだったっけって後から思い出せそうだし。ありがとう！」

精巧《せいこう》にできすぎていて少し不気味さもある。

夜、この森で見かければ軽く悲鳴を漏《も》らしそうだ。

だがなんにせよネムが作ってくれたものなので嬉しい。

もう何が来ても感動する気がした。

「わたくしはこちらを」

シオンが剣のホルダーを差し出した。

腰に巻きつけるベルトだ。

「冒険は終わっても、まだ剣を握る機会も多いですから。前にお使いになられていたものはそろそろ寿命《じゆみよう》のように見えましたので」

「まぁ、あれもだいぶ長く使ってたからなぁ……」

愛着はある。しかし執着はない。

所詮《しよせん》は量産品で、シオンが作ってくれた物と比べるのは失礼な代物《しろもの》だ。

「お、いい感じだな。しっくりくる。それに軽い。いいな……ありがとう」

「一応革製《かわ》なのですが、ハズキ先輩の故郷の製法で作ると軽くできると聞きまして。マルス様の胴回りなどに合わせて作っていますしね」

「……太れないな！　ここ最近幸せ太りしそうだったから気をつけないと」

まるで何もつけていないような感覚だ。

腰回りの動きも阻害《そがい》しない。

しかもよく見れば剣だけでなく様々な物をかけられるようになっていた。

「こちらもどうぞ。これらのポーチを付ければ普段使いにも便利ではないかと思います」

「哺乳瓶《ほにゅうびん》も替えのおむつも持てるわけか……！　というかそっちメインだね？」

「剣より持つ機会は多いでしょう？」

「ありがとう。ルリもきっと喜ぶよ」

ダンジョンの魔物ほど危険はないが、森の中には魔物もいる。

戦闘の機会そのものはまだあるのだ。

日常生活でも便利だが森の探索などにも使える。素直にいい物をもらってマルスは喜んだ。

「わたしはこれっ！　靴下、ハンカチとセットですっ！　マルスさんあんまりこだわりなさそうで、いっつも適当なの履《は》いてるのでっ！」

夏用、五本指用のもあるんですよっ！　とハズキは自慢げに披露《ひろう》する。

考えてみれば、女性陣が服を作ってもらうことはあってもマルスが作ってもらうことは少なかった。

マルスは既製品を適当に買うくらいで服に興味を持っていなかったからである。

靴下など当然のように気にしていない。

どうせ一回戦闘をすれば破けてしまうものだと認識していた。

「これからはボロボロにならないと思うので、たまにはこういうのもいいんじゃないかなって
っ」

「うん、いいね！　ありがとう！　ちょっと今履いてみてもいい？」

「もちろんですよっ！」

五本指の靴下を履いてみるとしっくりくる感触があった。

「ネムだけあんまり使えない物あげちゃったにゃ！　にゃあ～やり直しにゃ！　別なの作るに
ゃ！」

「いやいや、嬉しいよ！　代わりの物より、みんなの分の像を作ってほしいな」

みんなが実用的な物ばかりで、ネムは空気が読めなかったと騒ぎだす。

ただマルスは嬉しかった。

何でもいいのだ。

みんながこれらの物を作るとき、自分のことを気にしてくれていたのだから。

その尊《とうと》い時間が何より欲しかったのがマルスの人生だ。

「さぁ、みんな！　ご馳走を食べよう！」

みんなの作ってくれた料理が冷めないうちに。

慌《あわ》ただしくて一度も誕生日会などやったことがない。

ほかの面々も同じだ。

誰もが少し手探りで、それでもしっかり楽しむ。

誰かの決めた形式などどうでもいい。自分たちが楽しければ、それで。

「これからはみんなの誕生日会もやろう」

この世界ではあまり一般的ではないらしかった。

普通の人はそんな暇も金もないからである。

今回のマルスの誕生日会も、みんながやってみたかったからというのも理由として大きいだろう。

それにマルスだって祝いたい。

これから千年続いても、毎年しっかりやろう。

「それでは改めて、誕生日おめでとうございます！」

リリアが音頭《おんど》を取ってみんながグラスをぶつけ合う。

その日は日が落ちるまで大いに盛り上がった。

# あとがき

最終巻です。感無量です。

ここまでお付き合いいただき、本当にありがとうございます。

このご時世で五巻まで出させていただけたのは、たくさんの読者様がご購入いただいた結果です。

このあとがきに目を通していただいている方全《すべ》てのおかげです。重ねて御礼申し上げます。

今回は最終巻ということもあり、少々長めにあとがきのページをいただきました。

作品のネタバレがメタ的に書かれていますので、ぜひ本編を読んでからこのあとがきに目を通してくだされば幸いです。

設定や書いていた時に考えていたことなどを書かせていただこうかと思いました。

この作品についてですが、やはり後悔している部分は多い作品でした。

そして構成など技術的分野で向上させてくれた作品でもあります。

この作品につきましては書くべきこと、書きたかったことは全て書いたかなと思っております。

二巻で七大ダンジョンを踏破《とうは》させた以上、それ以下のダンジョンに挑戦させるわけにはいないので、元々巻数は有限でした。

マルスたちの冒険はひとまずこれで終わりです。

ですがこれからコミカライズも始まりますし、ＳＳなどでまたマルスたちを書く機会はあるかもしれません。


まず、この最終巻についてのお話を。

今回寝取り要素は入れませんでした。

理由は作中の状況が状況だけに、あまり適した要素ではないと思ったからです。

それでも最後まで少し迷ってはいました。

出すならば世界樹のボスであるダークエルフが、《漆黒》にダンジョンを寝取られた！　と参入してくる予定でした。

ただ急に出てきた新キャラを嫁に……というのもなんだかしっくり来なくて、ボツにしました。

全体の内容については最終巻らしいものになったかなと。


ここからはこの作品で後悔している部分を書いていこうと思います。

後悔の一つ目は、タイトルにある「寝取り」要素について。

ストーリー制作において一番難しかったのがこれでした。

何が難しいのかというと、ストーリーの動きが限定的になってしまう点です。

一冊二冊の範囲ならばいいのですが、それ以上となると毎度同じになってしまうのですよね。

そして文字数もかなり使います。

当然必要なエロの文字数もありますし、寝取るまでの過程でも文字数を使って……と窮屈な場面がそこそこありました。

さらに寝取る以上相手が必要なので、毎度新しいキャラクターが必要になります。

寝取る相手、元々その女性とともにいた男性の二人が確実に必要になるわけですね。

そしてその男性に対しての「ざまぁ」要素として、そしてエロを入れる必然性として「寝取り」を組み込むわけです。

これが一巻で言うところのゼリウスとハズキの役割です。

一巻部分は結構簡単だったのですが、続くと大変な要素だなと後々気づくことになりました。


寝取り要素についての難しさはもう一つあります。

それは主人公であるマルスの好感度でした。

寝取る以上、結局は性欲で動いているじゃないかとツッコまれてしまうのです。

寝取りを中心にすると、性欲を中心に動いている流れになってしまうわけですね。

しかも転生者であるなら、実年齢はおっさんです。おっさんがおっさんなりに悩み、それなのに性欲は我慢《がまん》できない。そこを冷静に考えるとどうしても気持ち悪さがありました。

実際そういったレビューも見かけ、わかっているけどどうしようもないのだと困っていました。

後悔の二つ目は二巻について。

この作品の大きな分岐《ぶんき》点になったのが二巻です。

ネムが仲間になり、ハズキが両親のアンデッドと出会い、寝取ったはずのユリスがやはり王子を選んだ話です。

私個人としては、この作品の中で二巻の話が一番好きです。

書き上げたときはとてもいいものが書けたとうぬぼれました。

ダッシュエックス文庫はあくまでライトノベルなので、ドラマや感動なども入れ、エロだけでない楽しみを提供できた自信がありました。

しかし、商業的に言えば大失敗だったと言えます。

評価は残念なものでした。

批判的なレビューが多かったのを見て、「あ、打ち切りだな」と思った記憶があります。

悪い評価が見える形でたくさんある作品はやっぱり売れません。私も読者サイドにいれば買いませんから。

現在ここまで読んでくださった皆さんはきっとストーリー面でも楽しんでいただけたのだと思います。それだけで救われます。

あくまでチートで寝取りエロを求めている読者さんたちには不評だったということですね。

二巻からは完全書下ろしで出版させていただいたのですが、その一冊目がその評価です。

正直へこみました。

この作品の刊行ペースがほかより遅いのは私が遅いからです。ページ数がそもそもちょっと多いほうというのもありますが、半年に一度ペースはかなり遅いです。

その原因として、二巻の評価がありました。

簡単に言えば怖かったのですよね。

私が会心《かいしん》の出来で面白《おもしろ》いと思ったものが否定され、方向性がよくわからなくなったのです。

自分の感性を疑ってしまうと途端《とたん》に書けなくなりました。

万人《ばんにん》に受ける作品などありませんから、考えても仕方ないですし、気にしていても仕方ないのですが、やはりトゲとして残りはしています。

一度そうなってしまうと、今度はそんな評価を受けないようにと熟考します。

そしてそんな思考をしていると、どう書けばいいのかよくわからなくなってくる。

面白いってなんだ？　となってくる。

これでいいのか、あれがいいのか、そんなことを考えていても、創作に正解などないので堂々巡《めぐ》りになるのにそうなります。

実際、二巻前後から私の執筆ペースはかなり落ちました。

創作者の苦悩と言えばかっこいいですが、まとめればただのチキンというやつです。

ほかの作品については普通に書けていましたので、やはりこの作品だけ怖さがありました。

細かいところで言えば後悔は山ほどあります。

しかしそれも含めてこの作品なのかなとも思っています。

どうやら今後もまだしばらく作家でいることができそうですが、きっとどの作品でも一定の後悔はあるのでしょう。

そうならないよう、技術を高めていきたいと思っています。


最後に。

色々と言い訳がましいことを書いてしまいましたが、それでもここまで書けたのは応援してくださった方々のおかげです。

暖かい感想をくださる方もいて、かなり励《はげ》みになりました。おそらくネット上の全ての感想には目を通していると思います。あまり返事はできませんでしたが、ここでまとめて御礼を差し上げたく。

いつも遅筆に付き合ってくださった担当様。

その遅れのせいで厳しいスケジュールを押しつけてしまったねいび様。

ほかにも様々な方に、この作品のため尽力していただきました。

何よりお付き合いいただけました読者様。

二年近くも本当にありがとうございます。
いつかまた、どこか別な場所でお会いできれば幸いです。
改めて、本当にありがとうございました。

火野あかり

この作品の感想をお寄せください。

あて先　〒101−8050　東京都千代田区一ツ橋2−5−10
集英社　ダッシュエックス文庫編集部　気付
火野あかり先生　ねいび先生

ダッシュエックス文庫

# エルフ奴隷と築くダンジョンハーレム5
## —異世界で寝取って仲間を増やします—

火野あかり

2022年8月30日　第1刷発行

★定価はカバーに表示してあります

発行者　瓶子吉久
発行所　株式会社　集英社
〒101−8050　東京都千代田区一ツ橋2−5−10
03(3230)6229(編集)
03(3230)6393(販売／書店専用) 03(3230)6080(読者係)
印刷所　株式会社美松堂／中央精版印刷株式会社
編集協力　後藤陶子

造本には十分注意しておりますが、印刷·製本など製造上の不備がありましたら、お手数ですが小社「読者係」までご連絡ください。

古書店、フリマアプリ、オークションサイト等で入手されたものは対応いたしかねますのでご了承ください。

なお、本書の一部あるいは全部を無断で複写·複製することは、法律で認められた場合を除き、著作権の侵害となります。

また、業者など、読者本人以外による本書のデジタル化は、いかなる場合でも一切認められませんのでご注意ください。

ISBN978-4-08-631482-4 C0193
©AKARI HINO 2022　Printed in Japan

2022年 YJC ダッシュエックスコミックス
8月刊 大好評発売中!!
DASH X COMIC INFORMATION
元勇者は静かに暮らしたい 1
[原作] こうじ
[漫画] 鳴瀬ひろふみ
[キャラクター原案] 鍋島テツヒロ
最強ですが、村づくり始めます！
世界を救ったにもかかわらず国や仲間から
裏切られた勇者ノエルが、
荒れ果てた故郷の村を再興することに！
居場所のない者たちが集まり、
村でのスローライフが始まるが、
元勇者の力が放置されるわけがなく…？
ゲーム運営者のブラックスミスファンタジー！
生産職を極め過ぎたら伝説の武器が俺の嫁になりました 5
原作／あまうい白一（ファミ通文庫／KADOKAWA刊）
漫画／神武ひろよし キャラクター原案／うなさか
善人が《超》報われる最高のサクセスライフ！
善人おっさん、生まれ変わったらSSSランク人生が確定した 6
原作／三木なずな 漫画／ゆづましろ
キャラクター原案／伍長
完結
ついに本当の魔法使いへ…涙と感動の完結編！
努力しすぎた世界最強の武闘家は、魔法世界を余裕で生き抜く。8
原作／わんこそば 漫画／ながつきまさ美
キャラクター原案／ニノモトニノ
水曜日はまったり
ダッシュエックスコミック
ニコニコ漫画にて大好評配信中!!
水曜日はまったりダッシュエックスコミック で検索！